中国专业作家作品典藏文库

丁力卷

财经小说系列

赢 家

丁力 著

中国文史出版社

总　序

虽然我的深圳作协副主席要等换届才能免去，但我实实在在是一个已经办理退休手续的人。为准确核算我的退休工资，社保部门把我的档案翻了一个底朝天，结果发现我的初级、中级职称是助理工程师、工程师，但副高、正高职称却是文创二级、一级，它们准确无误地记载了我从一名专业工程技术人员向作家转变的过程。

我认为工程师和作家的本质一样，都是“创作”，只不过区别于侧重“工创”还是“文创”而已。科学家的任务是发现自然规律，工程师则利用这些规律创造发明出有利于人类健康与进步的新产品新技术，这和文学理论家与作家的分工一致。对于我1988年获得安徽省自然科学奖，我认为是当时没有严格区分“科学”与“技术”的结果，好比如今仍然有人认为作家就该是“文学家”一样。可我真的不是“文学家”，只是特别善写而已。1990年我原单位冶金部马鞍山钢铁设计研究院举办科技成果展，我一个人展出的论文和著作超过全院2000多名工程师的总和，这并不表明我的专业水平力盖群雄，而仅仅是因为我特别善写，这也可以解释2001年我卸任上市公司高管后，为什么能突然成为“高产作家”。

善写主要是遗传。我很小就记得父亲一天到晚在写，更记得当年父亲为如何藏匿小说书稿而流露出的焦虑与恐惧。尽管由于时代局限，父亲写了一辈子的书却没有出版一本，但他善写的基因却遗传给了我。自2003年正式成为“坐家”以来，我平均每年在省级以上纯文学期刊发表四个中短篇，正式出版三部长篇，至今为止，已正式出版长篇小说和中短篇小说集五十部。但此情景到2020年似乎戛然而止，并非我失去了写作的兴趣与能力，而是如今的出版业遭遇了空前的窘境，我手上已经积压数本书稿了，还写吗？

正当我打算放弃长篇小说创作而只为杂志社写中短篇甚至只写散文随笔的时候，得知中国文史出版社打算精选我的七部小说再版，只是版税可能不如首版那么高，问我能不能接受。我不敢相信这样的好事正好砸到我头上。我打电话给周思明老师，他和我一样，特别善写，我们并称深圳的“二高”，我是高产小说家，他是高产评论家，“一天不写就难受”，所以我们虽然私下交往不多，但彼此视为同道人，并且我相信作家是常年埋头拉车，而评论家有时会抬头看路，所以这种类似天上掉馅饼的事，我首先向周思明求证。

“真的。”周思明非常笃定地说，“肯定是真的。”

“为什么？”我问，“你凭什么这么肯定？”

“因为我最近接到北京一家文学研究机构的电话，他们约我写一篇有关‘创业文学’的综合评论，还特别提到了你，说你的小说无论以前叫老板文学、商情文学还是财经小说，现在都归类为‘创业文学’，这说明，在中国改革开放四十余年之际，创新和创业被提到更高的位置，这时候他们不再版你的小说再版谁的?”

我信了，赶紧签订再版合同。

这次再版的七部小说《高位出局》、《透资》、《上市公司》、《职业经理人手记》、《生死华尔街》和《苍商》、《赢家》，其中前五部的初版均在清华大学出版社，《高位出局》、《透资》（《高位出局2》）和《上市公司》（《高位出局3》）都上了当年的畅销书排行榜，其中《高位出局》还获得中国书业2007年度“最佳商业图书·新人奖”。其实我2001年底发表小说处女作，2002年辞职专门当“坐家”，2003年开始出版长篇小说，因此到2007年也已经不能再算“新人”了，他们之所以颁此殊荣，大概是该书多次加印，累计发行量比较大的缘故吧。

清华大学出版社一般只做专业书，如电子计算机之类，能一下子出版我的五部长篇小说，是因为他们把我的小说归类为“财经小说”，如此，我的长篇小说又可被列为“财经类图书”，从而符合他们的出版范畴了。

从年龄上说，我的创作比较晚，来深圳之前是冶金部马鞍山钢铁设计院的工程师，但思想比一般的工程师活跃。1991年，随着中国市场经济的全面推进，我似乎看到了成为“大老板”的希望，于是辞职下海，投身中国改革开放的前沿阵地和中国市场经济最成熟的城市——深圳，先后拼搏十一年，其间还去过海南和武汉，一度也似乎已经成为“大老板”，先经营七家娱乐城，后出任金田华南投资公司董事长，在广州有二十三家连锁超市、一个灰狗巴士公司和两个地产项目。2000 年上市公司新的财务制度落实后，金田集团退市，我的“事业”因之归零。此后也应聘民营投资公司总经理或证券机构操盘等，但终究不适应再“打工”的生活。为了延续自己的“老板”梦，我开始写小说，心里想，当不了大老板，还不能写大老板吗？于是，一口气创作出版了十几本书，内容都围绕着“老板”，所以我的小说起初被称为“老板文学”。后来《金潮》杂志发表文章，分析我的创作现象，称我是“中国最具爆发力的金融小说作家”，于是我的小说又成了“金融小说”。再后来，山东师范大学选择研究我的创作作为硕士研究生的论文专题，论文称我的小说为“商情文学”。最近，著名高产评论家周思明则告诉我，中国社会科学院下属的《中国文学批评》杂志将我的小说归类为“创业小说”。但我自己更认同清华大学出版社的“财经小说”定位。

这七本书中的故事都是虚构的，但其中的人和事都是有生活原型的，甚至有些就是我自己的经历，有些是我身边同事或朋友的经历。比如《高位出局》当中的王艳梅，原型是金田退市后我当“坐家”前为其打工的女老板。那段时期我是动荡的，也是迷茫的，除了给王艳梅这样的民营企业老板当总经理之外，也有过证券公司和机构操盘经历，这段时间虽然不长，但给我的冲击却是前所未有的——原来公司可以这样运作！原来他们是这样当老板的！原来股市的内幕是这个样子！我的内心受到了强烈的震撼，这种震撼激发了我用小说的形式披露这些内幕的冲动，于是直接把这种自己的经历与感受写在《高位出局》《透资》《上市公司》《职业经理人手记》等小说中，其中《高位出局》中最长的那个故事曾经以《股市内部消息》的题目，发表在《中国作家》杂志2004年第6期上。

虚构成分最多的是《生死华尔街》，因为彼时我还没有去过美国，更没到过华尔街，写华尔街只能靠虚构。创作这部小说的直接动因是想用小说的形式揭示2008年美国次贷危机的内幕。中国作协创研部主任斗玉秋老师评价说："在阅读《生死华尔街》之前，我始终没搞懂'次贷危机'到底是怎么回事。看了丁力的《生死华尔街》，我不但自己明白了，而且还能给别人讲解美国的'次贷危机'了。"

《苍商》写的是几个湖南人闯深圳的故事。这也是有生活原型的。我虽然是安徽人，但1977年恢复高考后，我从安徽考到了湖南，班上同学有一半是湖南人或毕业后留在了湖南，他们大都分在湖南各地的冶炼厂，所以，小说中刘劲龙来深圳之前于冶炼厂干的那些事以及他昂首挺胸走出冶炼厂大门南下闯深圳的场景，在我当时写的时候，脑海中呈现的就是我们班同学"刘劲龙"的形象，所以才让读者感觉这个人物很具体、很真实、很生动。

《赢家》写了打工青年麻近水的故事。一看这个"麻"姓，就知道是湘西少数民族人，也因我兼任吉首大学教授，经常去湘西首府吉首市，并且湘西人客气，每次去，作为湘西少数民族人的田茂军院长都带我领略当地风俗，所以在后来创作《赢家》时，不知不觉就把“麻近水”设计成了主人翁。

麻近水的故事令人心酸。不仅因为他得了尿毒症，更因为他为之打工的老板与他是同期的考生，考分不如麻近水，却因为是大城市的城市户口而被录取，考分更高的麻近水却名落孙山。好在麻近水不屈不挠，最终凭着自身的努力终于在深圳站稳脚，成为真正的“赢家”。

这七部小说中，主人翁与我本人真实经历最接近的是《职业经理人手记》，该书也被称为“中国第一部本土 MBA 教材”，我也因此被邀请到清华大学经济管理学院讲课。回想自己一辈子没能成为清华的学生，却当了一回清华的老师，也算是文学给我的莫大奖赏吧。

2018 年作家出版社出版我的长篇小说《图书馆长的儿子》，细心的读者又给我留言：“原来这个才是真实的你啊！”其实都不是，小说源于生活，又不等同于生活，《职业经理人手记》和《图书馆长的儿子》中的主人翁确实都有我自己的影子，但又不完全是我自己经历的真实写照，否则，怎么会有两个“我”呢？

丁　力

2020 年 12 月 13 日

1

麻近水来深圳这么多年，终于悟出一个道理——城里人和乡下人不是一种人。这主要表现在他们对事物的看法上。城里人和乡下人的很多看法是不一样的，甚至相反。比如说天气。城里人把不下雨的天说成是好天，把下雨天说成是坏天，乡下人正好反过来。

麻近水来自湘黔交界的山里坪。行政区划属于贵州，但文化影响却偏重于湖南。追根溯源，他们的祖先在江西，为躲战乱，一步步退到这里。在漫长的迁移过程中，并没有经过贵州，倒是跟湖南结下了难解之缘，对湘楚文化的认同也就不奇怪了。

听老爹说，麻近水身上就有湘楚人的血脉，故天资聪颖，若加雕琢，必成大器。后来，麻近水果然走出大山，来到深圳。

如今的山里坪已经是在山下了，但以前不是，以前在山顶上，故而，山里坪又有上坪和下坪之分。下坪就是现在的山里坪村，上坪过去叫岩坪，现在已经很少有人上去了，留给人们的只是一种记忆，外加一些美好的传说。

人们关于岩坪的传说，最神秘最富传奇色彩的当属天浴。其实天浴不仅仅是传说，而是确有其事。麻近水就经历过，并且至今记忆犹新。

具体哪年哪月他记不清了，但麻近水记得是夏天。

那年夏天的一个下午，麻近水和堂姐在坪崖边摘救命粮。救命粮是一种可以充饥的野生果实，遇到荒年，是可以救人命的，所以叫救命粮。但麻近水那天跟他堂姐摘救命粮不是为了救命，而是吃着好玩。大约坪上这样吃着好玩的小孩不止他们两个，所以，崖边跟前的救命粮早已被摘完了，他们必须摘更远一点地方的。于是，堂姐用一根带弯钩的竹竿把树枝拉到崖边，然后把竹竿交给麻近水，让麻近水双手握紧，拉牢，不要放手，等堂姐确定麻近水握紧拉牢之后，她才松开手，腾出身子，去崖边摘救命粮。头两次并不成功，等堂姐挪到崖边，站稳脚，伸手摘救命粮时，却发现本来已经被拉到崖边的救命粮又退回到外边一点，于是，只好放弃。老爹说过，摘救命粮的时候，一定不能把手伸得太长，要不然，就要得罪天神，救命粮就变成夺命粮了。两次失败之后，堂姐不摘了，坐在崖边，背朝麻近水，不说话。麻近水知道自己错了，于是摘了一根马尾草，躲在堂姐的后面，悄悄地掏她耳朵。堂姐笑了。

重新开始。这一次麻近水憋足劲，双腿叉开，左腿伸前，右腿抵后，又往手心吐了两口吐沫，来回搓了几下，握紧，拉牢，果然，堂姐够着了！

突然，“龙王爷送水了！龙王爷送水了！哐、哐、哐！龙王爷送水了！哐哐、哐哐！龙王爷送水了！哐哐哐！哐哐哐！”

堂姐愣住了。

麻近水愣住了。

“龙王爷送水了！”堂姐说。

“送水了！”麻近水说。

麻近水说着，就感到鼻子尖挨了一滴水。呼啦，俩人放开竹竿和树枝，撒腿就跑，飞跑，各自往自己家跑。

坪上突然一阵寂静，大家顾不得说话，紧张地往外面抢东西，抢锅碗瓢盆，抢一切可以盛水的东西，沿屋檐一溜排开，接雨。过了一会儿，雨真的大了，盛水的东西也排好了，不知是谁领的头，坪上的人又陡然欢呼雀跃起来。先是在雨中一阵疯跑，嬉笑着打骂着疯跑，然后很快分成两堆，男人向南，女人向北，背靠背，迅速脱光衣服，使劲地在身上搓着。

这种风俗就叫天浴。天浴是岩坪人的盛大节日。那时候麻近水小，不能算男人，起码不能算真正意义上的男人，但也不能算女人。于是，他不用面朝南，也不用面朝北，而是可以继续跑，疯跑，乱跑，光着屁股满场跑。当麻近水跑到堂姐面前的时候，堂姐双臂抱在胸前，双腿夹紧，身体向前弯曲，似乎在努力让大腿和小肚子之间的地方藏进去一些。

“走！快走！”堂姐吼。怒吼。像撵狗。

“嘿嘿嘿……哈哈哈……”麻近水笑。大笑。如得天宝。

2

石建南暗示曾伟力：炒掉麻近水。

“什么是改革？”石建南说，“改革就是使我们的各项工作都符合市场经济发展本身的规律。国营企业为什么搞不好？就是因为国营企业的运作并没有按市场经济发展的规律去办，甚至把企业当成社会福利机构，对员工的一切都包到底，不但包员工的生老病死，而且还要包员工的老婆就业、子女上学，甚至连员工的计划生育用品都包了，这些是企业应该承担的责任吗？企业能够承担得了吗？如果企业全部承担了这些责任，那么还是企业吗？”

曾伟力不傻，他知道老板在这个时候说这样的话，并不是向他讲述国企改革的必要性和改革方向，而是要他炒掉麻近水。曾伟力要是连这话都听不出来，他还能当上总经理吗？事实上，曾伟力不但明白老板的意思，而且还承认老板说得对。曾伟力已经练就了这样一种本领，凡是老板说的话，自己先在大脑中马上把它设定为正确的，然后再为它的正确性找理由，如此，在执行的过程中，才能心甘情愿、理直气壮，执行起来才能有力度，执行完了也才能获得成就感。

曾伟力现在就把石建南的话按正确的方向去理解。什么是企业？企业就是以营利为目的的机构，或者说企业就是一部赚钱的机器。对于企业来说，就是要一切向钱看。企业只有盈利了，才能正常地运转；企业只有正常运转了，才能为社会提供更多的就业机会，才能向国家上缴更多的税。解决就业和缴税就是企业对社会、对国家的最大贡献。如果企业成了慈善机构，那么，企业早晚要破产，企业破产了，将有更多的人需要慈善机构的帮助，慈善机构本身也就成了无本之源，也要垮掉。既然如此，那么即使老板不做暗示，他也应该把麻近水炒掉。

平心而论，曾伟力是该炒掉麻近水，而且早就该炒了。

天衡公司是做楼宇智能化的。楼宇智能化是个新概念，在这个新概念刚刚兴起阶段，它的主要功能就像贵妇人脖子上的大项链，除了显示富贵之外，并没有多少实用价值。早几年公司刚开张的时候，房地产开发商为了让自己的楼盘卖一个好价钱，只是在原来的设计上加了一个楼上楼下的可视对讲机，就在广告上冠冕堂皇地贴上“智能化”标签了。那时候谁也不懂，而中国的执法部门向来就是比各种经济创新活动慢半拍，“智能化”的标签贴了也就贴了，没人管。那时候生意好做，做没人懂的生意是“良心生意”，利润率的大小完全凭老板的良心，只要老板暂时把良心放在车子里面，不拿出来，钱是可以大把地赚的。但是现在不行了，现在的人开窍快，一见做智能化赚钱容易，一窝蜂全搞起了智能化，连电梯都没有的多层公寓，也扯起了“智能化”的大旗，是人都可以开一个“智能化”公司，于是，生意做滥了。活难接，接了活之后利润也大不如以前，于是，曾伟力建议老板裁减一些员工，以求压缩开支，降低成本，有利于在激烈的市场竞争中处于更加有利的地位。

这就是曾伟力的本事。曾伟力总是在老板想说什么话而不好说的时候主动提出一项正合老板心意的建议，并且，假如这个建议果然被老板采纳了，而且实践证明是正确的，那么，功劳全部算老板的。反之，如果实践证明是错误的，那么他就把全部的罪过一人承担过来。曾伟力认为，替老板受过也是职业经理人最基本的职责之一。

曾伟力对石建南说：“公司养那么多闲人干什么？留一些骨干就行了。现在劳动力市场是买方市场，接到活了，马上临时招人，当场试用，干完走人，连社会保险都不用替他办了，多好。”

石建南说：“这样不好吧？这些人都是当年跟我一起打天下的，如果一下子炒掉，是不是太没有人情味？”

曾伟力说：“这您就不用管了，这事交给我，我把名单列出来，您看完之后要是没什么意见，马上出差，等您回来的时候，工作也就做完了。”

如此，曾伟力就搞了一份裁员名单，名单里头一个就是麻近水。麻近水没有学历，或者说麻近水有学历，但是是高中学历，几十年之前，高中学历算是知识分子，至少算是“知识青年”，但现在不是了，现在时代发展了，发展到高中学历等于没有学历了。天衡公司既然扛了高科技的大旗，遇上裁员，那么，像麻近水这样没有学历的人当然首当其冲。但是，石建南在最后审核的时候，亲自把“麻近水”划掉了，理由是：老员工了，学历也不高，裁掉之后工作不好找，还是先留着吧。

曾伟力马上就明白老板的意思了。裁员的目的是降低人员费用的开支，麻近水每月才一千块钱工资，裁他干什么？

明白老板的意思之后，曾伟力没有挑明，而是悄悄地把麻近水的名字换上一个月薪几千的硕士研究生。在曾伟力看来，天衡公司说起来是高科技企业，并且也确实享受深圳市政府对高科技企业的各种支持，其实就是楼宇智能化工程公司，并不是搞智能化开发的，既然不搞开发，只是安装现成的线路和设备，留一两个博士硕士撑门面也就够了，要那么高学历高工资的干什么？再说现在老板自己也拿到硕士文凭了，并且很快就要拿到博士文凭，老板自己就能做门面了，根本不需要那么多的门面。果然，当曾伟力把新的名单呈送到石建南桌子上之后，石建南只是扫描了一眼，说“行”，然后连字都没有签，直接推还给曾伟力，让他去办了。如此，麻近水就有幸被留了下来。

麻近水被留下来之后，曾伟力对石建南的仁慈行为进行了广泛的宣传。不但在公司内部宣传，而且还在客户当中宣传。经常以麻近水为例，宣传石建南的仁慈。并且结合这个有力的事实，宣传本公司强调以人为本，宣传“公司是员工自己的公司”，宣传老板办公司主观上为自己，客观上为社会的理论。

说实话，石建南之所以提拔曾伟力为总经理，还与曾伟力的宣传能力有关。老板自己是不好宣传自己的，不但不好宣传自己，而且还阻止曾伟力宣传他，每次开会，石建南都强调企业文化的重要，说企业文化是一个企业的最终生命力，说企业做到最后其实就是做企业文化等等，并且特别强调：要宣传公司，宣传楼宇智能化的意义，不要宣传我个人，不要搞个人崇拜。每次会议结束之后，当时作为公司副总的曾伟力在具体执行的时候还是要宣传石建南个人，因此，曾伟力每次为这事都受到石建南的严厉批评。所谓“严厉批评”，就是不在私下的批评，而是当众批评，甚至在员工大会上批评。石建南也只能在大会上批评，只有在大会上批评的时候，曾伟力才表示虚心接受，如果是私下批评，曾伟力会反驳，反驳说宣传老板个人其实就是宣传公司，还说中国人习惯跟着领袖，个人崇拜也不一定是坏事，甚至说客户往往非常看重与他们打交道的老板的个人人品等等，总之，经曾伟力这样一说，宣传石建南完全是工作上的需要，是建立公司信誉、拓展公司业务的需要了。所以，尽管石建南多次在公开的场合对曾伟力进行“严厉批评”，曾伟力还是宣传石建南个人，还是像石建南批评的那样搞个人崇拜。

大约是曾伟力接受“严厉批评”的态度比较好，所以在不断的“严厉批评”声中，石建南终于把自己总经理的位置让出来，让曾伟力做，而他自己只做董事长。但是曾伟力对于石建南的宣传并没有收敛，反而变本加厉，并且还找到了新的宣传证据：老板不搞家族式管理，主动推行现代企业制度，将资本的所有权和管理权相分离，是积极推动民营企业改革的先驱。于是，“民企改革”的口号从此写进天衡公司的宣传资料，并且像摩登女士身上的镜子一样，一天到晚带在身上，每天都要拿出来照几次。

按说像曾伟力这样的人，是很会揣摩老板的心思的，不但知道石建南当初为什么要保麻近水，而且还知道现在为什么要炒麻近水，但是曾伟力还在三思。曾伟力三思的目的不单是同情麻近水的遭遇，也是为他自己考虑。曾伟力知道民心的重要，平常，虽然公司员工可能有点看不惯他拍马屁，背后称他“苹果”，因为据说英文当中的拍马屁就是“擦苹果”的意思。但是，看不惯与憎恨还是有区别的，而如果现在曾伟力把麻近水炒掉了，那么就可能引起员工的普遍憎恨。曾伟力知道，一旦引起员工的普遍憎恨，大家都去找他的碴儿告他的状，那么，他在公司也就待不下去了，裁员裁到最后就会裁到他自己的头上。

曾伟力这种担心不是没有道理的。主要是麻近水这个人平常太老实了，如今的人大多数都滑头，物以稀为贵，所以麻近水在公司里面人缘就非常好。麻近水的老实不仅表现在工作上，也表现在平常的做人上。工作上就不用说了，麻近水没有学历，并且他也没有花钱去买一张大专文凭，所以在公司里面拿的是保安的工资，干的却是工程师的活。这话你别不信，干的确实是工程师的活。前面说过，天衡智能化开发有限公司并不是真的搞智能化开发的，而是搞楼宇智能化安装的，以前是专门安装可视对讲机，后来增加了一个宽带网，现在还增加了停车场自动收费系统和远红外防护系统，下一步准备根据客户的需要增加远程抄表和控制室内空调系统，但是不管是这系统还是那系统，反正都是买现成的装置，直接安装上去就行，与过去农村里面安装一台水泵或打谷机没有多少差别，因为，动手安装起来，高中生与大学生没有多少区别，比如麻近水确实就比第一批被裁掉的那个硕士安装得快一些。至于做人上，更是没有说的，宿舍里面几个人在打牌，要买汽水或者是买烟了，随便哪个喊一声：老麻，买包烟。麻近水马上就高高兴兴地跑出去买。这年头谁都想占别人的便宜，遇上一个愿意吃亏的，人缘能不好吗？这样一个人现在得了这样的病，如果不离开公司，还有救；如果离开公司，只有等死，这个时候如果曾伟力把麻近水炒掉，老天不怒人也要怒。所以，曾伟力不得不三思。

3

麻近水只经历过那一场天浴，之前的他太小，记不住了，之后他们就搬迁了，从上坪搬迁到了下坪，也就是从岩坪搬迁到了山里坪。山里坪在山下，挨着一条小溪，小溪虽然不湍，但天天流淌，如果不怕冷，可以天天下河沐浴，再也不用靠天浴了，久而久之，天浴竟成了遥远的过去，慢慢变成一种传说了。但就是那一次，麻近水也记忆终身，而且随着时间的推移，这种记忆非但没有模糊，反而更加清晰。

是政府动员全村人搬迁到山下的。说是动员，其实多少带有点强迫性。尽管山下生产和生活条件明显比山上好，并且此时也没有土匪了，乡亲们完全没有必要住在山上，但既然村民已经适应了山上的生活，突然叫他们离开，还真有不情愿的，于是，就只好带点强迫性。

村民刚刚搬迁到山下的时候，还继续保持着住在山上的一些习惯，比如洗澡的时候，男女界限分得还不是那么清。同在一条小溪里，男人在上游，女人在下游，上游和下游之间的界限仅仅是小溪的一道弯，隔着一片滩涂茅草，这边隐隐约约还能看见那边。遇上两口子分别在两边的，这边洗到了一半，女人喊男人把换下的衣服送过来洗，两人的会合点就在界限中间的滩涂上，而无论是男人还是女人，这时候只要往对面一瞟，风景自然无限。但那只是刚开始，后来就不这样了。后来政府在山里坪办起了小学校，还建起了供销社，山外的人来这里多了，许多习俗自然也就断了。

也幸亏如此，要不然麻近水怎么能读到高中，并且最终走出大山来到深圳呢?

如今的山里坪，早已成为大村子。修了公路，还通了电，搞“村村通”之后，还安装了卫星接收天线，已经与山外的其他村子没有多大区别了。但储存在麻近水大脑中那关于天浴的记忆，却怎么也抹不去。特别是当他生命垂危的时候，更加如此。

老爹的眼力没错，麻近水确实天资聪颖。上小学的时候成绩总是第一，初中到了乡里，成绩还是第一，高中虽然没能保住第一，但也属于好学生。到1988年高中毕业参加高考时，总分576分，如果在城市，早上本科了，可他偏偏在农村，是农村户口，所以，不但没有考上本科，就是专科也没有上成，只好回乡务农。许多年之后，准确地说当他从东莞到深圳在石建南手下打工之后，才知道当初是多么的不公平。因为他的老板石建南和老总曾伟力恰好也是那一年参加高考的，并且考分比他低，可就因为是城市人，所以都上了大学，而麻近水因为是农村人，明明考分比他们高，却失去了上大学的机会。这些，当然是他后来知道的，当初并不知道，当初他就老老实实地回村务农了。

在山里坪，麻近水家的经济条件算是比较好的，原因是父母只有他一个小孩，所以就比较好，至少比他大伯家好。大伯家有四个孩子，一个堂姐，两个堂妹，还有一个小堂弟。后来据说幸亏有这一个小堂弟，要不然麻近水就可能有三个、四个甚至五个小堂妹。这也不是夸张，真是这样，他们村长就有五个女儿，并且还打算继续生下去，不生一个带把子的誓不罢休。

那时候他们农村已经实行了“大包干”，“大包干”是城里人的说法，麻近水他们那里不这么说，他们那里叫“单干”。当初搞单干的时候，为了配合计划生育，说好了每家承包的土地五十年不变，添人不加，死人不减，于是，家里小孩少的，相当于分母小，经济条件自然就要好一些，可见，村头村尾刷的“只生一个好”并不是一句空话。正因为经济条件比较好，所以麻近水才能到县里上高中，而其他人家，比如他堂姐和堂妹她们，就没有这么幸运，事实上，堂姐只上了小学，堂妹好一些，在乡里上了初中。但是如果不上大学，高中和初中是没有多大区别的，种田初中的水平也就够了。

麻近水并没有打算种田，家里的两亩三分地，有父亲一个人收拾着就够了，轮不到他出力，有力也没有地方出。麻近水回到家里之后，继续复习，准备来年再拼一下，考不上大学，考个大专也行，考上大专也能够吃商品粮了。麻近水当时的最高理想就是要吃商品粮。

麻近水果然又复习了一年。麻近水在复习这一年的时候，他堂姐跟着她的表姐去南方打工了。一年之后，麻近水仍然没有考上，不但没有考上，分数反而比头一年拉得更大，因此，把麻近水的信心给考掉了。

过年的时候，麻近水灰头土脸，非常茫然，不知道自己的前途在哪里。麻近水也想着科学种田，但一共只有两亩三分地，无论怎样科学，稻田里是长不出金子来的。按照父亲的观点，土地是最厚道的，没有什么科学不科学，只要庄稼人老老实实地伺候它，它就会老老实实地待庄稼人，就会给庄稼人好收成。麻近水对父亲的话虽然不完全赞同，但是也确实想象不出两亩三分坡地能够做出什么名堂。倒是他的物理知识还派上点用场，经常帮着乡亲们接个电线修个半导体之类，但是乡里乡亲的，不好意思收钱，不能指望这点技能有大的作为。

这时候，堂姐从南方回来了。

堂姐这时候已经完全换了一个人，不仅人一下子长开了，而且也陡然洋气不少。最明显的地方是胸脯。堂姐走时胸脯是扁扁的，现在一下子像发开了的馒头，要不是冬天衣服裹得厚，差点就要蹦出来一样。其实堂姐不仅胸脯大了，屁股好像也大了不少，这样两头一大，反倒把中间收进去不少，就像是刚出土的花生，两头饱，中间细，看了就舒服。堂姐不但人长好看了，而且穿着打扮也完全像个城里人，比他们村民办教师还要洋气。说实话，也真是堂姐，无论是按照新的婚姻法还是按照旧的老规矩，麻近水是连想都不能想的，但是就是这样，当天晚上麻近水还是做了一个美丽的梦，梦见多年以前的那个天浴，他跑到堂姐跟前的时候，堂姐一面赶他走，一面用双臂抱着胸前，两腿并拢，并且使劲往里面收，使大腿和小肚子的分界部分向里面藏。这个情景是真实的，所以非常清晰，但是当时真实经历的时候，麻近水小，不明白堂姐为什么会这样，现在麻近水知道了，所以，现在在梦里的情况跟当年真实的情况有了一点差别。当时真实的情况是麻近水挨了堂姐的骂之后，没有多想，也没有多看，而是继续笑着疯跑开了，但是梦里面不是，梦里面麻近水朝堂姐最想隐藏的地方看了，并且看得真切，于是，麻近水一兴奋，梦遗了。惊醒之后，麻近水感到一阵罪恶，心里骂自己是猪，手上恨不能扇自己一个大嘴巴。

堂姐真的像城里人了，因为只有城里人出手才那么大方。堂姐几乎给每家每户都送了礼物。礼物不大，但是贵重，至少在乡亲们看起来贵重。堂姐给每家送了一块电子表。

堂姐给麻近水也带来了礼物，不是电子表，是随身听。堂姐悄悄地告诉麻近水：一个随身听抵十块电子表。

大约是晚上梦遗的缘故，白天麻近水再见到堂姐的时候，心里就不自然，这时候见堂姐这么近距离地跟自己说话，而且是说着悄悄话，更是让麻近水心里怦怦跳。特别是堂姐身上散发出的那个气味，现在麻近水闻起来就像是刚刚戒毒的人又闻见了海洛因的味道，想躲，但是又身不由己地凑上去。

“你不要再考了，”堂姐说，“我在广东认识的那些大老板，没有一个是大学毕业的，连高中的都很少，你还不如早点去南方，想办法发财，当老板。”

麻近水脸涨得通红，头脑中就是一个想法：她是我堂姐，她是我堂姐。根本没有来得及思考堂姐讲的老板与发财。

堂姐见麻近水这个样子，以为堂弟的自尊心强，后悔自己不该提考大学的事情。

正月十五一过，堂姐又走了。堂姐这次走的时候，比村长的侄子当兵的时候还风光，全村的人都出门送了。山里人朴实，得了别人的好处，总是要念叨的。

堂姐不但自己走了，而且还把堂妹也带走了。当然，也把麻近水的心带走了。麻近水这几天反复回味堂姐的话，心里想：堂姐一个小学毕业生，都能在城里混得这么好，我一个堂堂的高中毕业生，还是男人，难道就不能在城里找到自己的位置？

这时候，报纸上宣传了一个观点，说上大学不是唯一的出路，每年千军万马走独木桥的局面应该被打破，条条大路通罗马，成才的道路不止一条，等等等等。这些话以前麻近水也听说过，但是并没有介意，现在拿自己跟堂姐一对照，信了。于是，乡邮递员再送信来的时候，麻近水就主动接过来，并且主动帮着邮递员挨门送到每户人家。麻近水这样做倒不是为了等自己的信，麻近水现在自己也没有信了，第一年高考失败之后，还陆陆续续收到高中同学的一些来信，主要是那些已经考上大学的同学来的信，来信无非是鼓励他继续努力之类。考上北京的同学还来信说登上长城了，并且引用了“不到长城非好汉”这样的句子来激励麻近水。那时候麻近水还给他们回信，回信说自己一定努力，不辜负同学的鼓励等等，甚至在其中的一两封信当中还发出狂言，说来年大学里面见之类，后来，这样的信渐渐地少了，如今，已经完全没有了。再说，第一年考上大学的同学可能都快要毕业了，忙自己的事情恐怕都忙不过来，谁还想起来鼓励他呢。事实上，麻近水现在想看到的是堂姐的信，具体地说是堂姐和堂妹写给大伯和大婶的信。麻近水看堂姐和堂妹的信只能看到一个信封，看信封就够了，看见信封上落款那“广东”两个字他就感到亲切。

终于有一天，麻近水对父亲说：“我要去广东。”

麻近水是在傍晚的时候对父亲这样说的。所谓傍晚，就是太阳已经落山，但是天还没有黑下来，劳作了一天的人已经回到了村里，等待着吃晚饭的时候。这时候，往往也是山村最美丽的时候，如果这时候麻近水爬上小村后面的那个山坡，就能看见山坡那边的晚霞和山坡这边的袅袅炊烟。许多年之后，每当麻近水在深圳遇上什么不顺心的事情的时候，他最想念的，就是家乡的晚霞和那袅袅炊烟。但是那天傍晚他没有爬上山坡，没有爬上山坡欣赏后来让他魂牵梦绕的晚霞和炊烟，或许，那时候他还没有意识到家乡的美吧。那天傍晚他就站在自己家院子的门口，对坐在院门槛上吸着旱烟的父亲说话。

父亲跟母亲好像有着明确的分工。坡地上的农活归父亲，家里的活归母亲。这时候父亲地里的农活已经忙完了，正在自己家的院门口吸着旱烟，一边吸旱烟一边等待着母亲的吆喝。母亲一吆喝，那就是饭菜已经摆到桌子上了，那么他们就开饭了。但是母亲现在还没有吆喝，准确地说是母亲有吆喝，但不是那种对父亲的吆喝，而是对猪圈里面猪的吆喝。母亲对猪的吆喝和对父亲的吆喝是不一样的，明显的不一样，一听就知道不一样，但是到底怎么不一样，麻近水没有研究过，其实也用不着研究，既然一听就知道不一样，还研究干什么？当初虽然没有研究过，但是后来麻近水研究过。后来麻近水到深圳来了，常常想念家乡，想念家乡的晚霞与袅袅炊烟，想念母亲的吆喝，包括母亲对他的吆喝、对父亲的吆喝，和对家里面猪的吆喝。但是研究了这么多年麻近水也没有闹明白，为什么母亲总是先张罗着给猪吃食，然后才张罗着给他和父亲吃饭呢？

那天就是在母亲张罗着喂猪吃食的时候，麻近水对父亲说他要去南方的。

父亲愣了一下，准确地说是嘴巴上的旱烟袋停顿了一下，然后继续吸烟，并且吧唧吧唧地吸烟，像是用吧唧吧唧来作为对麻近水的回答。

其实父亲不回答也没有关系，麻近水找机会可以再说，反正乡村的节奏慢，一句话说上十天半月不碍事。终于，这一天父亲把麻近水领到前院他大伯家。大伯还没有表态，大婶就说好，近水去了好，近水去了，腊梅和翠花就有人照应了。在大婶看来，腊梅和翠花毕竟是女孩，两个女孩出门在外，当然会有许许多多的不方便，甚至还有许多的不安全，有个堂兄弟照应着，自然放心不少。

仿佛一切都是天意。或许父亲的本意是想让大伯阻拦一下，哪怕是推辞一下，只要大伯阻拦一下，或者是推辞一下，父亲就可以阻止麻近水去广东了。事实上，父亲那天还特意玩了“阴谋”，在地里就已经跟大伯说了，说他不想让麻近水去广东，说他准备托人说情，打算让麻近水做民办教师或者是水电管理员，并且还问大伯，是做民办教师好还是做水电管理员好，大伯当时还说都好，管理员实惠，民办教师好听，要是想实惠就做管理员，想好听就做民办教师。本来是老兄弟俩商量好的事情，谁知大伯还没有开口，大婶就已经表示支持了。大婶一表示支持，父亲就没有什么话说了。爷爷奶奶早已经过世了，按照乡下的规矩，长嫂为母，本来大婶生小堂弟之前，感觉自己愧对麻家，于是从来也没有行使“长嫂”的权威，现在生了小堂弟，正愁着没有机会重申自己的身份，对于这样找上门来的机会自然不能轻易放弃，如此，父亲连提出异议的资格都被剥夺了，你说这不是天意吗?

4

接下来的工作是给堂姐写信。信是麻近水写的。一封以大婶的口气写，一封以麻近水自己的口气写，两封信装在一个信封中寄走。以大婶的口气写信当然没有什么问题，以前麻近水就替大婶写过，无非是说家里好，让她们放心，让她们自己多注意身体之类，这一次的信上还加上了麻近水要去，让他们互相照顾，有事多商量等等。问题是以麻近水自己的口气写的那封信，麻近水在以自己的口气给堂姐写信的时候，突然找到写情书的感觉，竟然不知不觉地紧张起来，真实的天浴和梦里的天浴交织在一起，梦里那隐蔽的黑暗和现实中堂姐那收进去的身腰和诱人的气息顷刻之间又包裹了麻近水。麻近水冷静了一下，自然要自责自己一番，然后在信纸上表达了自己愿意去广东寻求机会的意思，并希望堂姐帮着介绍个工作。

堂姐总算回信了，但回信的速度比麻近水想象的慢。按照麻近水的想象，堂姐收到他的信之后肯定会立即回信，急切地欢迎他早点去南方发财，并说“盼望早点见到”之类的话。但是没有。堂姐的回信仿佛是非常勉强，并且很犹豫，甚至好像还有什么话没有说透，用了“出来当然比不出来好”“其实外面也很难”“要准备吃苦”这样的字眼，并且说关于工作的事情只能等来了以后再说等等。

麻近水看了半天，不明白什么意思，主要是与自己的想象反差太大了，或者说与过年的时候堂姐要他“不如早点去南方”的反差太大了。准备吃苦有什么可说的？难道我们在山里坪还没有吃过苦吗？难道城里比我们农村的“双抢”还苦吗？麻近水不怕吃苦，麻近水这些年其实一直在吃苦，因为麻近水从上小学开始就帮着父母“双抢”。

农村的“双抢”并不是城里人说的“抢劫强奸”，而是“抢收抢种”。山里坪原来是不种水稻的，但是有一段时间上面强调以粮为纲，种不种水稻就成了政治问题，于是，不种也得种了。种水稻就有“双抢”的问题。每年七月天气最热的时候，也就是麻近水放暑假的时候，早稻要收割，晚稻要插秧，而且常常是早上收割早稻，晚上插上晚稻，一定要抢在那几天，甚至抢在那一天。如果抢在那一天，则早上天没亮就要起来，赶紧下田割稻，割完了才回来吃早饭，吃完早饭之后回去把稻子从田里弄上来，然后抓紧时间耕田，耕完了之后往稻田里面放水，放过水之后再耙田，把土耙匀了，然后就着黑插秧。总之，整个一天都在“抢”。当然，一块田一天抢完的情况是生产队时候的事，生产队的时候人多，集中力量抢一块地，当然可以一天抢完，事实上生产队的时候也经常这么做，因为生产队的时候“双抢”常常跟

“政治任务”联系在一起，一天抢完叫作“集中力量打歼灭战”，可以得到上面的表扬，表扬他们队又为世界革命做出了巨大贡献。现在不需要这样“抢”了，现在也没有人把“双抢”跟“世界革命”联系在一起。自从单干之后，农民通常是第一天收割耕地，然后放水进去，把田“养”一夜，第二天上午才耙田，下午插秧，即便这样，也还是很紧张，所以，每当遇上“双抢”，麻近水是一定要参加的。

说“双抢”苦，主要是割稻的时候苦。首先割稻的时候热，热得要死。割稻的时候稻田是干的，浑身出力，上面顶着烈日，热是可想而知的。为了避免高温，农民通常是赶早，也就是赶在天亮之前来收割，这样又引来第二个问题，就是痒。天没亮的时候，稻田里蚊虫特别多，特别猖獗，有一种比蚊子小的虫子，农民叫作“蠓虫子”，叮在人脸上手上脖子上特别痒，痒得人受不了，给人带来的痛苦不比热浪小。最后一苦是累，主要是腰累。不要说下田去干了，就是想一想低头弯腰在那里割稻都累，累得让你直不起腰。所以，麻近水不怕吃苦，既然农村“双抢”之苦都反复吃过了，还怕城市里的那些苦吗？麻近水不怕。

既然不怕，那就去。而且是说去就去，麻近水似乎一天也不能等了，仿佛南方那边有大把的金子在等着他，等着他去捡，不，应该是等着他去扛，因为金子重，既然是大把的金子，那只能是扛。本来按照父亲的意思，再等等，等腊梅和翠花回来过年的时候，跟她们一起走，而且二堂妹可能也会跟着走，姊妹几个一起，相互有个照应，多好。但是麻近水不想等了，一是等不及，都已经从八十年代等到九十年代了，不能再等了。二是觉得自己堂堂一个男子汉，跟着堂姐堂妹后面去，即使将来混出个人样了，说起来也不好听，于是，他决定自己去，现在就去。他不相信自己连堂姐堂妹都不如。

母亲提前把猪卖了，卖猪的钱全部交给麻近水做了盘缠。

父亲对麻近水说："到哪里，老老实实多吃亏都没有错。"

于是，在一个早晨，一个天没亮的早晨，父亲母亲把麻近水送出了村，又送过了桥。如果按照父亲的意思，还要把他送到乡里，到了乡里就可以坐头班车到县城了。但是麻近水坚决不让，麻近水说县城我也不是没去过，以前上学的时候来回跑都没问题，现在坐车还能坐丢了？父亲一想，也是。于是就拽着母亲，俩人一起立在桥头，看着麻近水高一脚低一脚地消失在白茫茫的晨雾中。

一到广州，堂姐当初说的话马上就得到了证实。是的，这里的老板确实很多，满街都是大哥大。麻近水虽然没有见过大哥大，但是他认识大哥大，不但认识大哥大，而且他还知道那东西是老板身份的象征。

麻近水是从电视上面知道大哥大的。

那时候他们家还没有电视，但是大伯家有。大伯家因为出了一个在广州闯世界的堂姐而一跃成为村里的富裕户。大伯家有就等于他们家有，因为他可以去大伯家看，至少逢年过节的时候可以去看。平常不是不想看，而是太麻烦。那时候还没有搞"村村通”，每次看电视的时候，父亲或者是大伯或者是他都要爬到大伯家的房顶上，然后下边留两个人，一个在调试电视机，一个在大门口当传令兵，负责指挥房顶上的那个人往左转往右转，然后说“好好好，不要动了”，大家才能看电视。而且往往看不了一会儿，电视屏幕上突然之间又全部变成了雪花点，并且声音也变成了噪音，于是又要上房，你说麻烦不麻烦？再说，在看什么电视节目的问题上也吵闹不休。大婶和妈妈喜欢看地方戏，小堂弟喜欢看动画片，麻近水喜欢看新闻，而且调台不是一件容易的事情，调一次台就要上一次房，整个晚上像看耍猴，不，是自己被当成猴来耍了。所以，麻近水其实很少看电视。但就是在这些很少看的电视中，他也知道大哥大，并且知道拿大哥大是大老板的标志。现在看着这满街的大哥大，证明南方这边果然像堂姐过年的时候说的，老板很多，于是，麻近水就有点激动。

有点激动是正常的，在麻近水看来，大哥大比金子还值钱，看着满街的大哥大就等于看见满街的金子，能不激动吗？所以，在麻近水刚刚到达广州的那个早晨，他的心情是愉快的，或者说是充满希望的。

到底是高中毕业，麻近水欣赏完大哥大之后，马上就买了一张广州市交通图，然后按图索骥，很快就找到堂姐工作的大都会娱乐城。

麻近水乘坐的火车是早晨天亮的时候到达广州的，加上买地图查地图和乘公共汽车的周折，到达娱乐城的时间是上午八点，正好是城里人上午上班的时间。麻近水虽然不是城里人，更没有在城里上过班，但是他对于城里人上午八点钟上班的规矩还是知道的。虽然这时候还没有见到堂姐，但是已经看到堂姐工作的那个娱乐城，也就是看到堂姐工作的单位了，麻近水心里顿时踏实不少，一路的劳顿早已被满街的大哥大和“大都会娱乐城”六个金光闪闪的大字挤得找不见踪影了。

麻近水是怀着喜悦而激动的心情走近大都会娱乐城的，但是他只是“走近”而没有“走进”，因为娱乐城的大门是关着的，要不是麻近水见多识广，差点就一头撞在玻璃上。

怎么都八点多了还不开门呢？麻近水找到旁边的一个小卖部，想问一下，但是小卖部里面的那个人带搭不理，忙着自己做生意都来不及，哪里有工夫回答一个乡下人的问题。麻近水想了一下，觉得自己应该买点东西。想着包里还有没吃完的馒头和茶叶蛋，吃的东西是不能再买了，买杯喝的吧。好在麻近水有文化，不但知道东方文化，而且还知道西方文化，比如知道美国的可口可乐。虽然知道，但是并没有喝过，这时候正好可以买一杯，既可以解渴，也可以融洽自己和小卖部老板的关系，还能品尝一下西方文化，一举多得。但是，在具体的交易过程中，还遇到了一点小麻烦，因为可口可乐的价钱超出了麻近水的想象，一罐可乐居然相当于乡下的十个鸡蛋！这显然是太不合理了。麻近水不想让人瞧不起自己，咬咬牙，还是买了。

果然，通过一罐可乐的交易，麻近水融洽了与小卖部老板的关系。小老板告诉他：娱乐城晚上八点钟营业。

“晚上八点？”麻近水问。麻近水在这样问的时候，对重音进行了特别的加强，重点加在“晚上”两个字上，仿佛是怀疑小卖部老板把早上说成了晚上。

“晚上八点。”小老板说。说得很坚决，不容置疑。

麻近水还是茫然地看着小老板，仿佛还是不相信，或者是怀疑自己已经到了美国，因为他知道美国的时间和我们相差十二个小时，晚上八点就是我们这边的早上八点。但是，他知道这不是在美国，而是在中国，在中国的广州。他也相信小老板说的是真的，因为他已经买了小老板的东西，关系已经融洽了，小老板没必要骗他，再说现在已经是早上八点多了，娱乐城的大门依然是关着的，足以证明小老板所说的真实可靠。

麻近水手上戴了表，就是堂姐过年的时候孝敬他父亲的那块表。这块表本来是戴在父亲手腕上的，临走的时候，父亲摘下来为他戴上。麻近水当时还推辞，但是一看父亲的眼角挂了泪水，就默默地戴上了。这时候麻近水看看表，仿佛又看见了父亲，还看见了母亲，突然有一种远离亲人的伤感。透过伤感，麻近水看清楚表盘上显示的时间是八点半。看来，要等一整天了。

麻近水差不多到了晚上九点才找到堂姐。因为人家根本就不知道“麻腊梅”这个人，后来，麻近水又说了堂妹的名字，并说她们是姐妹俩，还报了是什么地方人，才由一个跟她们差不多大的同乡说认识。

“玛利亚呀，我知道。”这个同乡说。说着，就进去帮着找了。

麻近水不敢肯定这个同乡说的人就是他堂姐，因为他堂姐是“麻腊梅”，而不是叫“玛利亚”。

不大一会儿，那个同乡果然把“玛利亚”领出来。麻近水一看，正是堂姐。

麻近水见到堂姐那一刻，顾不得是麻腊梅还是玛利亚了，差点就哭出来，不知道是委屈得要哭还是激动得要哭。后来麻近水想，到底是堂姐，这要是亲姐姐，肯定就真的哭了，因为如果是亲姐姐，委屈就会更加委屈，激动就会更加激动。

堂姐见到麻近水也很激动，但是没有委屈，只有吃惊。堂姐一边埋怨麻近水怎么不事先来信约好了才来，一边问他吃了没有。麻近水说吃了。确实是吃了，走的时候妈妈为他做了不少茶叶蛋，还带来不少干薯条—— 一种用煮熟的红薯做成的干薯条—— 一路吃过来，还没有吃完，包里还有。

“走，”堂姐说，“我送你回去，我还要坐台。”

路上，堂姐来不及说话，很急的样子，像是憋着一泡尿，要赶着去上厕所。麻近水倒是有一肚子话要说，比如说大婶的交代，大婶的信，说路上的见闻，包括问为什么叫“玛利亚”，以及什么叫“坐台”等等。但是，一看堂姐这么急的样子，想起政治经济学当中学到的关于“工人阶级最有组织性纪律性”，知道城市不比农村，上班的时候是不能随便离开自己的岗位的，于是，只好把一肚子的话暂时憋着，跟着堂姐加快了脚步。

好在堂姐住的地方离上班的地方并不远，其实也就七八分钟的路，一会儿就到了。麻近水想，这么近，却害得我在外面紧张了一天。

堂姐交代：千万不要出去，不要开门。交代完，就匆匆忙忙地走了。好像是一路小跑。

堂姐的屋子非常小，小到跟麻近水家的猪圈差不多大，好在麻近水到底在县城上过三年高中，城市同学的家也去过，知道城市人家的住房是不好跟农村相比的，倒也见怪不怪。

房子小，也没有什么家具，但是只要有的东西就蛮高级。比如床，床是那种带弹簧的床，麻近水知道，这种床垫子叫“席梦思”，大约是“睡在这种席子上做梦都会产生思想”的意思。“席梦思”还不算最高级的，最高级的要数那台电视机。电视机就是大伯家里的那种电视机，但是比大伯家的电视清楚多了。一开始麻近水还不打算看电视，想着堂姐走的时候交代过了，千万不要出门，既然不能出门，那么当然就不能上房顶，既然不能上房顶，那么就只能看雪花点，看雪花点还不如不看。后来不知怎么还是把电视打开了，打开一看，清楚得很，一点雪花点也没有，比在大伯家房上房下地调了半天都清楚。麻近水又换了一个台，还是清楚。再换一个台，照样清楚！麻近水生气了。这不是欺负人嘛，同样的电视机，凭什么城市人就可以看清楚的电视，而农村人就只能看雪花点？太不公平了！

“席梦思”果然是让人思想的地方。那天麻近水就在堂姐的席梦思上思想了很长时间，思想的结果是：一定要做城里人。即便同样是穷，穷在城里比穷在农村强。即便同样是富，富在城市也比富在农村好。村长倒是富了，但是他家的电视机照样只有雪花点，而且雪花点一点也不比大伯家的少。再上升到理论高度思想，农村的人即便富了，他也只能富他自己家的小环境，根本不可能改变整个农村的大环境，比如看电视是不是清晰，比如下雨天路上是不是有泥，比如空气中是不是弥漫着粪便的气味，比如中小学的教学质量，比如高考的录取分数线，比如退休制度，比如医疗条件，比如文化娱乐条件，甚至比如异性是不是洋气，等等等等，都是任何个人所没有办法改变的。麻近水这样一思想，竟发现农村和城市之间有数不完的差别，而且全部都是农村比城市差。所以，一定要做城市人，宁可做城市里面的穷人，也不做农村的富人，因为城市里面的穷人看的电视也比农村的富人清晰。

5

麻近水是自己惊醒的。梦里面，麻近水感到自己身上硬的地方抵在了一个软的东西上面，这种感觉让他十分舒服，甚至有点兴奋。这是一种麻近水从未有过的舒服与兴奋。正因为是太舒服太兴奋了，所以麻近水就惊醒了。醒了之后，才发现自己不是做梦，至少不是完全做梦，因为他确实抵在了一个软的东西上面，这个软的东西就是堂姐的大腿。

这下真的醒了，完全醒了。

麻近水醒来之后的第一个反应就是感到自己的胸口在弹跳，而且跳动得非常厉害，扑通、扑通、扑通，像农村用的柴油机，而且是刚刚被启动的柴油机，还没有运转顺畅，需要扑通、扑通地喘气。

麻近水坐了起来。坐起来之后才发现这张席梦思上总共睡了三个人。他睡最里面，堂姐睡中间，堂妹睡外面。麻近水单独睡这头，堂姐和堂妹睡那头。刚才麻近水身上硬的地方正好抵在了堂姐的大腿上。堂姐是背对着他的，所以麻近水实际上从背后抵在堂姐的两根大腿之间。这种感觉是麻近水从未体验过的，所以他才惊醒了。现在真的醒了之后，才发现堂姐和堂妹全部都是穿了一种下面很短的裙子在睡觉。麻近水那时候还不知道这种很短的裙子叫睡裙，但是他知道它很短，短到堂姐的短裤都露出来了，而且不是乡下人穿的那种大短裤，而是城里人穿的小短裤，三角短裤，准确地说是红色的三角短裤，这种红色的三角短裤在堂姐的大腿根部收缩成一条窄窄的布条，看上去很温暖的样子，使麻近水的胸口扑通得更加厉害，像心脏要从口腔中顶出来的样子。

堂妹是面朝着他的，所以麻近水没有看见堂妹的短裤，而只是看到堂妹的腿。麻近水没有想到堂姐和堂妹的腿都这么白，特别是堂姐，堂姐的大腿比堂妹的粗一点，或者说是饱满一点，所以就更加的白，白得发亮，像刚刚踩出的莲藕被稻草把子在水里面洗净了一样，白白的，圆滚滚的，让人忍不住想上去掐一下。麻近水果然就掐了，但是不是掐堂姐的大腿，而是掐自己的额头。麻近水这时候闭上眼睛，自己掐了自己的额头几下，知道自己确实不是在做梦，于是，心中的罪恶感又加了几倍。

麻近水不能再坐在床上了，麻近水要下来。麻近水想悄悄地下来，不想把堂姐和堂妹弄醒。但是，麻近水要想不把她们弄醒是困难的，因为麻近水的里面是墙，外面是四条腿，而且这四条腿呈不规则摆放，相互之间还有交叉，像当年法国马奇诺防线精心布置的交叉火力点，突破起来有一定的困难。麻近水只有先站起来，然后找准一个空当，踩稳一只脚，另一只脚直接跨到地上才行。他忘记了这个床是席梦思，或者说不是忘记，而是根本就没有认识，这时候，当他一只脚踩下去的时候，整个床都发生了变形，堂姐和堂妹俩人的身体都往中间收拢了一些。麻近水想收脚已经来不及了，干脆一不做二不休，只好继续迈另一只脚。当另一只脚踏在地上的时候，感觉整个床面又往上弹了一下，仿佛把堂姐和堂妹又轻轻地向上抛了一截。

完了完了，麻近水想，这下把她们俩都搞醒了。

麻近水背对着她们站在地上没有动，等待着堂姐和堂妹的反应。堂姐果然有反应，但是只是翻了一个身，把本来朝外面的脸翻到了里面，并且嘴巴里面嘟噜了一句什么，然后又继续睡觉。

由于堂姐这时候已经翻身面朝里，所以留给麻近水的仍然是一个背面，或者说仍然是将鲜红色的三角短裤和在粉红色睡裙衬托下显得更加雪白的大腿。两条大腿是并拢的，并拢着叠加在一起，于是中间就形成了峡谷，峡谷的尽头是红色的三角，三角的尽头是一条红色布带，一直延伸的布带，延伸到深不见底的地方。麻近水赶紧扭头，走进厕所里面，洗澡，换短裤。幸亏昨天匆匆忙忙的堂姐还没有忘记告诉他怎么使用厕所和淋浴。

麻近水在洗淋浴的时候，还在自责。自责自己不该对堂姐想入非非，自责自己刚才不知道怎么就抵在了堂姐的大腿之间，幸亏堂姐是背对着自己，这要是面朝着自己，那不更加……

这么自责着，突然又控制不住了，并且大脑中马上就真的想象出假如正面抵在堂姐两根大腿之间的感觉，这种感觉很快就通过中枢神经传送到大脑，然后又从大脑反馈到中枢神经，结果，再次喷涌而出。

麻近水当时并没有意识到，他从此就养成了一个坏毛病，每次洗淋浴的时候，特别是当他用自己的手洗那个地方的时候，都不自觉地闭上了眼睛，大脑中马上就映现出堂姐的雪白饱满的大腿和红色的三角裤，以及三角尽头那条窄窄的红布条，然后他好像就被那窄窄的红布条牵引着深入，深入那深不见底的神秘地方，由此体验到了一种爽快至极的感觉，于是一个极度兴奋就产生了，想控制都控制不住。

麻近水这时候不能出去，因为堂姐明确交代过：千万不要出去。麻近水这时候也不能开电视，怕一开电视就把堂姐和堂妹吵醒。麻近水还不能看床上，因为床上那四条白晃晃的腿让他不停地产生罪恶感。但是房间实在是太小了，小到无论他躲在房间的哪个角落，要想完全视而不见堂姐的大腿是不可能的。许多年之后麻近水都没有想明白，为什么是堂姐呢？按说当时堂妹在外面，首先看到的应该是堂妹呀，但是当时麻近水满眼晃荡的就是堂姐，而不是堂妹，怪不怪？最后，麻近水只好长时间地躲在厕所里。

在厕所里没事，麻近水把自己的衣服洗了。洗衣服难不倒麻近水，麻近水上高中的时候基本上就自己的衣服自己洗。麻近水把自己的衣服洗完之后，犹豫了一下，还是顺便帮着堂姐和堂妹把衣服也洗了。在洗短裤的时候，麻近水马上就能分得出哪一件是堂姐的，哪一件是堂妹的。堂姐的短裤上有一种特殊的味道，是那种过年的时候使他差点晕倒的气味衍生过来的味道。或者倒过来，是这种味道衍生出过年的时候使他差点晕倒的气味。都一样，反正这两种气味之间有某种联系，而且只有麻近水才能察觉这种联系。

堂姐和堂妹一直睡到下午才醒。是堂姐先醒的。堂姐醒了之后，直奔厕所。麻近水听见有人起来了，想从厕所出来，又想到堂姐或堂妹可能没有穿戴整齐，怕难堪，所以出来得有点犹豫。正犹豫着，堂姐已经一头冲进来，并且是边冲边脱裤子，大半个短裤已经脱下来了。等到跟正准备出来的麻近水撞在一起时，吓得堂姐“哇”的一声大叫。堂姐一大叫，反而把麻近水又吓得一叫，那边堂妹听见这边两个人大叫，也跟着大叫，搞得整个屋子叫成一团，像遭遇了抢劫强奸。

堂姐睡糊涂了，完全忘记屋里还有麻近水这个人了，所以堂姐吓得大叫是可以理解的。三个人叫过之后，又大笑一场，算是把一场虚惊补回来。

晚上吃饭的时候，麻近水对堂姐说：“你们住的房子太小了，我还是应该赶快找个工作，住出去。”

堂姐手里的筷子稍微迟疑了一下，没有说话。

堂妹说：“我们娱乐城的电工正好请假回去了，可以让哥哥顶上。”

麻近水听了，眼睛一亮。

堂姐听了，把脸一沉。

堂妹不说话了。

堂姐说："先吃饭，吃过饭我给东莞的谢老板打个电话，上次我已经跟他说了，说你是我弟弟，高中毕业，在村里做了两年的电工。记着，不要说堂弟，说弟弟，知道吗？"

"知道了。"麻近水说。

麻近水不知道堂姐为什么不让他进娱乐城当电工，而要打发他去东莞。东莞那地方麻近水知道，是从地图上知道的，在广州和深圳之间。如果去了东莞，那么他和堂姐堂妹她们就不能在一起了，那么大婶说的要他们互相照应和遇上什么事情互相商量也就成了一句空话。麻近水本想问一下的，但是看到堂姐这时候一脸严肃的样子，只好把到嘴边上的话又吞了下去。

"你怎么叫玛利亚？"麻近水问。

堂姐刚想回答，堂妹已经抢先了。

"我叫玛瑞亚。"堂妹得意地说。说着，还左右晃晃脑袋。

"就你多嘴！"堂姐吼，边吼还边用筷子敲堂妹的碗。

堂妹不敢作声了。

"什么叫'坐台'？"麻近水问。

堂妹记性差，差点又要多嘴，嘴角动了一下，想说，但是抬眼一看堂姐那冰冷的脸，赶紧往嘴巴里面扒拉一口饭。

堂姐在用眼神控制堂妹的同时，手中的筷子迟疑了一下，并且迟疑较长的时间。

"你先回去，"堂姐对堂妹说，"我跟近水说点事。"

堂妹说好，又抢着喝了一点鱼头汤，走了。

堂姐是请麻近水在楼下一个小饭店吃的饭。看来堂姐她们天天在这里吃饭，因为她们跟开饭店的老板很熟，并且麻近水也没有看见堂姐她们那里有可以烧饭的地方。麻近水就想，还是城里好呀，可以天天下饭馆吃饭。麻近水发现饭馆里面的饭菜味道比他母亲做的好多了，比如这道鱼头汤，麻近水以前根本就不知道鱼头还可以做汤，更不知道鱼头汤的味道这么鲜美。说实话，这可能是麻近水长这么大吃的最鲜美的一顿饭。在家里的时候，母亲做菜从来就不讲究什么味道，煮熟就行，或许在母亲看来，做给人吃的东西和做给猪吃的东西区别主要在于两点，一是人吃的东西要干净一些，二是要放点油盐，至于味道，可能连想都没有想过。其实这也不是母亲的责任，农村里面不都是这样吗？至少大伯家也是这样的。

“我给你的回信你看了吗？”堂姐问。

“看了。”麻近水说。

“其实在外面做事情也是很不容易的。”堂姐说。

“知道。”麻近水应着。

堂姐停顿了一下，说：“像‘坐台’这样的事情，你回村里千万不要说。”

麻近水没有吱声，但嘴巴却停止了吃饭，而是静静地看着堂姐。

堂姐叹了一口气，接着说：“我不想让你在娱乐城做，就是因为娱乐城这种地方容易让人学坏。你刚来，好多事情不知道，时间长了就知道了。记着，我们在城里所做的一切，就只能我们自己知道，不能对村里人说的，不管是叔叔还是婶婶，都不能说。”

麻近水还是没有说话，也没有点头，而是傻傻地看着堂姐。

堂姐笑了一下，说：“傻了？”

麻近水也想笑一下，但是笑不出来。

堂姐问：“城里好不好？”

“好。”麻近水说。

“真的好？”堂姐问。

“真的好。”麻近水说。

“哪里好？”堂姐又问。

“哪里都好。”麻近水说。

堂姐的脸上暗淡了一下，说：“都这样。”

“什么都这样？”麻近水问。

“刚来的人都这样。”堂姐说，“时间长了就知道它的不好了。”

“不会的，”麻近水说，“我想好了，不回去了，再苦也不回去了。城里人再苦也比农村强。城里电视机清楚，城里人吃的东西味道好，城里自来水通到家里面，城里上厕所不用出门，城里马路平坦，城里干净，城里有电话，城里……”

“是啊，”堂姐打断了麻近水的话，“城里当然好，要不然为什么农村人都想往城里跑。但是乡下人想在城里找个工作并不容易，想成为城里人更不容易。你没看见城里已经这么挤了吗？哪里还有地方给乡下人。我们现在吃的也是青春饭，青春过了以后可能还是回到乡下。”

麻近水突然感到堂姐的话有点凄凉。麻近水以前从来没有发现堂姐也知道凄凉。麻近水有点怜惜起堂姐来，竟然有点忍不住想把自己的手放在堂姐的额头上，想安慰她一下。但是他没有，他知道他不能这样做。

“不过你不会的，”堂姐说，“你是男人，是高中毕业，只要努力，你可能就会成为真正的城里人。”

堂姐在这样说的时候，脸上就灿烂了一下，仿佛真的看见麻近水已经成为真正的城里人了。

“我一定会努力的。”麻近水说，“如果我能够成为真正的城里人，我一定会娶你的。”

说完之后，才知道说错了，赶紧纠正说：“我是说‘帮’你的，帮你也成为城里人。”

这时候，麻近水感到自己的脸上很烫，像被火烤了一样。再看堂姐，堂姐眼里竟然挂着泪水。

6

谢老板是做装修生意的，公司地点在东莞的石龙。石龙正好是深广铁路的中间站，所以麻近水到了石龙之后，就感觉离深圳不远了。

谢老板的公司非常小，小到只有租用的两套民房那么大，并且就是这租用的两套民房，主要功能也是吃饭和睡觉，公司并没有正经的办公场所。但是小有小的好处，正因为公司小，所以麻近水才能在里面站稳自己的位置。事实上，来谢老板这里之前，麻近水并没有正经当过电工，堂姐当初对谢老板说的“当过两年电工”显然是一种夸张，其实在麻近水高中毕业之后的两年多时间里，只是偶尔帮着乡亲们接个水泵、修个无线电什么的，离真正的电工相差甚远。麻近水后来知道，真正的电工是要有电工证的，麻近水没有电工证，当然算不上真正的电工。好在谢老板的公司是做装修的小公司，电工的主要工作就是布线。麻近水运用高中所学的物理知识，结合自己的想象，把“电”想象成水，想着水这时候该怎么走，“电”也应该怎么走就行了。麻近水甚至可以用这种将“电”想象成水的灵感来解释高中课本中的许多关于电路的定理，比如节点定理，在任一选定的节点，流进去的电流一定等于流出去的电流。麻近水发现，如果用水来理解这个定理，非常简单，简单到不需要论证，能量守恒和物质不灭还要什么论证？进去多少水，出来当然就是多少水，那么只要把水换成“电”就行了。麻近水不知道那些科学家对一加一等于二这样明明白白的问题还要“论证”干什么。麻近水就按照他自己的灵感加上高中物理知识来指导装修工程中的电路问题，居然无师自通，三年下来，一点问题也没有出。

三年里，除了过年回家的时候与堂姐堂妹碰面之外，在广东这边并没有再见过面。麻近水没有去广州看过堂姐堂妹，堂姐堂妹更没有到石龙来看过麻近水，尽管广州离石龙只有一个小时的车程。当初麻近水来的时候，大婶交代他们在外面互相照顾、遇到事情要多商量的话，变成了一个永远没法实现的美好愿望。

麻近水没有去广州看望堂姐的原因是他很快就知道“坐台”是什么意思了。因为石龙这个小小的地方居然也有坐台的，所以麻近水就知道了。知道之后，麻近水就非常生气，就不能接受，就觉得遭受耻辱，就非常憎恨堂姐，就非常后悔曾经那么向往过堂姐。麻近水甚至产生过一个非常奇怪的想法，觉得自己吃亏了，早知道堂姐是这样的人，当初在广州的时候，还不如真的就……

当然，这个想法只是一闪念，闪出来之后，麻近水马上就把它否定掉了。

麻近水是高中毕业，知道自己不能对堂姐有任何的想法，否则那就是乱伦。

后来，随着时间的推移，麻近水对堂姐渐渐地有了一定的理解，再把堂姐当初给他写的信和当初对他说的话一回忆，发现堂姐并没有骗他。不但没有骗他，而且还真心地帮助过他。比如堂姐帮他介绍的这份工作，虽然这不是什么了不起的工作，但也可以想象堂姐是付出了代价的。这么想着，麻近水就又觉得自己对不起堂姐，就觉得堂姐其实也很可怜，很无奈。如果堂姐不是出生在农村，而是出生在城市，那么，她想成为城市人，还需要走这一条路吗？麻近水再想想自己，自己是男子汉，是高中毕业，想成为城市人都这么艰难，而且十分遥远，堂姐作为一个乡下女人，一个只上过小学的乡下女人，她要想在城市寻得一个立足之地，不靠这个还能靠什么？很多学者或理论工作者教育女性要自尊自强自爱，其实关键要自强，没有自强何来自尊和自爱，但是堂姐不想自强吗？不想自强她千里迢迢跑到广州来干什么？那些指责她们的人，是没到她们这个份儿，如果这些学者和理论工作者也是农村户口，也只守着人均七分地，也只能靠从这七分地当中刨食吃，说不定还没有堂姐自强。这么想着，麻近水对堂姐又充满了同情，甚至又觉得堂姐是天下最美丽的女人了，至少比身边这些城里的女人美丽。

麻近水现在几乎天天跟城市人打交道了，他觉得身边这些出生在城市的女人，除了命运碰巧把他们安排在城市出生之外，哪一点也不比堂姐好。不比堂姐漂亮，也不比堂姐善良。有一次谢老板派麻近水去一户人家返工，那户人家只有一个女人，并且那个女人大白天当着麻近水的面也穿了堂姐晚上睡觉才穿的那种睡裙，但是同样的睡裙，穿在这个女人身上一点都不好看，皮肤黑，腿细，肚子大，膝盖突出，难看死了。所以，麻近水还是喜欢堂姐，还是觉得堂姐是天底下最美丽的女人。麻近水想象堂姐身上的气味就兴奋，闻见别的女人身上的气味就想吐，如此，堂姐就只能是麻近水的唯一了。当然，这种唯一只能在心里面，麻近水只是这样想，并没有把这个想法说出来，对任何人都没有说。麻近水有时候暗想，暗想自己哪天突然发了大财了，就为堂姐在城里买个能进城市户口的房子，让堂姐成为真正的城里人，只要堂姐成为真正的城里人了，堂姐就不会再“坐台”了，就自强自尊自爱了。麻近水豁然发觉，一套带城市户口的房子，对堂姐的改造作用远远大于理论家教育家的说教。

大约是堂姐在麻近水心目中的分量太重了，以至于因为堂姐的事，麻近水还差点离开了谢老板。

那是他刚跟着谢老板之后不久，或者说是他刚知道什么是“坐台”的意思之后不久。麻近水认为谢老板一定知道他堂姐是干什么的了，所以就非常耻辱。麻近水因此就想要离开谢老板，但是并没有马上就离开，主要是不知道离开谢老板以后自己去哪里，甚至还不知道自己住哪里。再说，谢老板好像根本就忘记了他是怎样认识麻近水的，他跟麻近水之间完全就是一种雇佣和被雇佣的关系，并且谢老板知道麻近水做事很上手，人也很老实，至于他是谁介绍来的，这个介绍人是干什么的，好像完全不重要了。事实上，谢老板确实也没有再在麻近水面前说过他的堂姐，仿佛根本就没有这一层关系。如此，麻近水跟着谢老板一干就是三年。虽然没有真的离开，但是麻近水一直在寻找着机会，寻找着能够离开谢老板的机会。三年之后，机会来了。

经过三年的发展，谢老板也有所长进，谢老板长进了，谢老板的公司当然就要长进。麻近水发现，对于这样的私人企业来说，公司的发展在相当大的程度上其实就取决于老板本人的发展。老板有多大的长进，企业就有多大的长进。现在，谢老板已经长进到这样一种程度——挂靠在大公司下面做工程。具体地说就是他们这个小工程队挂靠在一个大的装饰工程公司下面，或者说他们是以一个大的装饰工程公司的名义对外承接业务，然后自己施工。由于大的装饰工程公司有资质证书，并且是一级、二级资质证书，这样，他们一个小工程队也能够承接大的装修工程项目，而且收费也有所提高，扣除向被挂靠的那个大的装饰工程公司交纳的管理费之外，工程队利润还是比以前大。

麻近水的文化程度比谢老板高，所以谢老板搞的这些猫腻麻近水一看就明白。明白了之后，麻近水就不理解，国家为什么不管呢？国家养了那么多的干部，他们哪个都比麻近水学历高，难道就真的看不出这其中的猫腻？麻近水想，幸好是国家，如果是企业，那么这个企业老板肯定要完蛋。

这一次谢老板又承接了一个大工程，施工地点在深圳。一听在深圳，麻近水慌了，因为他进不去。他知道，虽然他是中华人民共和国的公民，虽然他有身份证，虽然他进深圳是做工程，但是他进不了深圳，因为深圳是特区，进特区必须要有边防证，而麻近水没有边防证，所以麻近水当时十分着急。

麻近水的担心是多余的，因为边防证其实是专门防那些没有关系的人的，谢老板有关系，谢老板这三年来的长进关键是关系长进了，不仅挂靠国营大装饰工程公司有关系，进深圳他也有关系。既然谢老板有关系，那么当然就不需要边防证。至于谢老板有什么样的关系麻近水不知道，但是他知道他没有边防证也进来了。那一刻，他感觉谢老板是世界上最了不起的人，因为在麻近水看起来比登天还难的事情，在谢老板眼里根本就不是问题。

谢老板承接的是一个银行工程，正是在这项工程中，麻近水与他现在的老板石建南认识了。

当时谢老板承接的是这家银行的装修工程，但是并不包括智能化工程，智能化工程是石建南承接的。麻近水在工程中负责布线，少不了与石建南的工程交叉，而且在麻近水看起来，完全没有必要把两个工程分开，分开了反而麻烦。不就是安装警报系统和可视对讲系统吗，麻近水完全能够胜任。不但能够胜任，而且还比石建南手下的那个工程师强，常常是还没有等那个工程师算出结果，麻近水的线路就布好了，于是，麻近水老是等着他。后来，干脆就是两路线由麻近水一个人布，布好了再由那个工程师来“论证”。当然，每次“论证”的结果都证明麻近水的布线是正确的。

石建南是因为一件小事而下决心“挖”麻近水的。

那天在安装可视对讲机的时候，发现有一个对讲机不能用，石建南手下的那个工程师按照惯例要求老板换一个新的装上去。工程师这样做没有错，这是规矩，发现不合格的产品马上就更换。但是那天石建南比较为难，因为这种对讲机是在香港买的，那时候深圳人去香港比内地人来深圳还要难，所以无论是要更换还是要重买，都会耽误工期，所以石建南非常着急。不但石建南着急，谢老板也着急，因为智能化部分不完工，他们就不能完工，即便甲方了解情况，不会要求谢老板赔偿延误工期损失，耽误工期对谢老板也是一个损失。

“一定要换吗?”麻近水说，“修一下不就行了。”

工程师瞪了麻近水一眼，问:“这东西你见过吗?”

“没有见过，”麻近水说，“但可以试一试，道理应该跟电话机是一样的。”

麻近水之所以拿电话机做比喻，是因为电话机他修过。经过他修理的电话机，其实根本就没有什么大毛病，最多的情况就是接触不良，稍微捣鼓捣鼓就好了，甚至有时候连捣鼓都不需要，只要猛地一拍就好了。麻近水不理解现在的人都怎么了，动不动就是更换，只要有一点毛病就更换，连拆开了看一眼的工夫都不愿意花。

“那就请你试一试，不行我再去香港买。”石建南说。

石建南这样说的时候，完全是一副死马当作活马医的态度。

麻近水没有马上应承，而是看看谢老板。谢老板才是他的老板，谢老板不发话，他是不能逞能的。

由于耽误工期也影响到他们，所以这时候谢老板就轻轻点了一下头。之所以“轻轻点”，是因为他也没有把握麻近水到底能不能修好。

麻近水见谢老板点头了，于是就把对讲机拆开，根本就没有用万用表，一眼就看出是一根线头多余的部分没有剪掉，延伸过去，搭在对面的固定螺钉上了，麻近水只是轻轻用手拨开，好了！

在一个私下的场合，石建南问麻近水：“谢老板给你多少钱一个月？”

“五百。”麻近水说。

石建南微微一愣，马上说：“我给你六百，包吃包住，怎么样？”

麻近水没有说话，或者说是还没有来得及说话。

“另外还有奖金，”石建南说，“干得好明年我再给你加工资。”

麻近水仍然没有说话，或者是仍然没有想好答应还是不答应。

“没关系，”石建南说，“你先想想，想好了打我的手机。”

说着，石建南塞给麻近水一张名片，走了。

后来，麻近水就真的去了石建南的公司。去了之后他才知道，被石建南炒掉的那个工程师每月的工资是一千二百块钱，整整是麻近水的两倍。但是麻近水并不生气，麻近水本来就想离开谢老板，一直没有找到机会，现在好不容易找到机会，别说是六百，就是比谢老板那里少一点，比如是四百，麻近水都可能来的。再说石建南的公司在深圳呀，在深圳当然比石龙好，尽管当时他并不知道，他堂姐这时候也到深圳来了。

7

要说石建南跟麻近水也算是有缘分。前面说过，他们同龄，同年生，同年参加高考，所不同的是石建南是城里人，并且是城里干部家庭出生，所以尽管高考分数不如麻近水，但照样上了大学。

石建南学的是法律。这是他爸爸帮着他选的专业。石建南的爸爸是领导干部。领导干部在老百姓眼睛里是做官，但是他们自己认为是人民公仆。爸爸甘愿当公仆，不但自己一生在公仆的道路上披荆斩棘勇往直前，而且希望子承父业，希望石建南将来也能当公仆。可惜中国没有专门培养公仆的学校，如果把各级党校勉强算作专门培养公仆的学校的话，那么也不是应届高中毕业生通过高考就上的。于是，爸爸前思后想，并且按照当时中国改革的方向往前找，终于发现国外政坛上学法律出身者比例相对较高，再结合当时各级政府正在开展全民普法活动，国家搞法制建设，更加坚信自己的判断正确，于是，毅然决然地安排石建南上了法律专业。

顺便说一下，石建南的高考分数实在太低了，所以没有上成本科，上了大专。

1991 年，石建南大学专科毕业后，分配在爸爸当公仆的那个城市的司法部门，成了小公仆。本来可以在公仆的道路上一帆风顺的，可是后来石建南在电话里面跟同学聊天，聊哪个同学在哪里，混得怎么样。聊着聊着，他就发现了问题，发现同学们最羡慕的其实不是他，而是唐向羽。唐向羽是何许人也？唐向羽是他们班一个非常普通的同学，可就因为毕业的时候被分配到了深圳，现在竟成了同学中最令人羡慕的人。石建南不服，觉得在哪里并不重要，关键是要混得好。但是他一个人不服不行，大家都说深圳好，都羡慕唐向羽，而不羡慕他石建南。于是，石建南不干了，天天跟父亲吵，吵着要调到深圳去。父亲不同意，说金窝银窝，不如自己的老窝，只要在本市就好，在本市将来进步快。石建南听父亲这样一说，更不干了，担心将来自己成气候了，别人还说是沾了他父亲的光，倒显得他自己没有本事了。不行，一定要去深圳。这时候，父亲正好随省里面组织的一个考察团来深圳，随意观察了一下，就发现深圳满街跑的小轿车居然比他们这里最大的公仆的坐骑都好，终于改变了看法，转而支持儿子调往深圳。

父亲的支持很重要，说实话，要不是父亲支持，凭石建南自己这个大专学历可能根本就不能作为干部正式调动来深圳。而有父亲的支持就不一样了。父亲毕竟是人民公仆，公仆找公仆当然要好说话得多，并且石建南的父亲还真的通过拐弯的关系找到了深圳这边的公仆，于是，石建南在1992年通过干部调动被正式调入深圳。

石建南虽然调进深圳了，但是工作并不是十分理想，按照内地干部调进深圳降一级的惯例，在内地当处长的，调到深圳来只能当科长使用，仿佛相对于内地的城市来说，深圳才是“城里”，而内地的城市又变成“乡下”了。没办法，石建南父亲是内地城市的公仆，在深圳看来相当于“乡镇干部”，所以他的儿子石建南不会得到特殊的照顾，只好降职使用。可是石建南当时在内地的时候根本就没有“职”，从哪里往下降？这难不住干部调配处。干部调配处处理这一类的问题非常有经验，这个经验就是“参照执行”，既然石建南在内地的时候是市司法局的，那么好，参照降职使用惯例，被安排在区普法办公室做普法工作。

石建南当然不乐意。1993年，石建南下海，当律师。

当时正赶上国家整顿房地产市场和国家实行银根紧缩政策，也就是说，正赶上经济形势严重不景气的时候，所以，有朋友劝他慎重，比如他的那个大学同学唐向羽就劝他，说就是下海，也要选择一个经济高潮时期，就好比新股上市，选择好时机和不好的时机发行价是相差很大的。但是石建南不这么看。石建南认为，律师下海跟新股上市的情况正好相反，越是经济形势不景气，越是银根紧缩，越是国家整顿房地产市场，律师越有生意做。

“为什么？”唐向羽问。

“因为整个经济活动是一个循环体，”石建南说，“只要一个环节出现了问题，那么整个经济活动的链条就会发生脱节，只要一发生脱节，就会引发官司，只要有官司，律师就发财。”

而且石建南认为，这种房地产纠纷的案子标的往往很大，所以律师的收益更大。石建南在司法局干过，知道律师的收费标准是按诉讼标的百分比来结算的，所以，同样的官司，合同标的越大，律师的收入越多。根据石建南的分析，当时中国还没有形成有实力的资本融合队伍，所以绝大多数的开发商都是靠银行贷款完成经济链条的连接的，一旦国家银根紧缩，发展商的后续资金肯定跟不上，上家跟下家打官司，下家跟上家打官司，建筑商跟发展商打官司，材料供应商跟建筑商打官司，甚至业主与开发商打官司的事情肯定层出不穷，所以，现在是下海的最佳时机。

后来的发展证明，石建南当时的判断是英明正确的，因为他下海时间不长，果然迅速地淘到了金，而那个比他早来深圳的大学同学唐向羽却还在为职称为住房为老婆调动苦苦挣扎。可见，石建南后来能够成为老板，也不完全是因为他有一个做公仆的爸爸的缘故，关键还靠他自己。爸爸只是帮助他达到了唐向羽的高度，至于后来他走得更远，则主要是他自己的选择，包括自己坚决下海的态度，并且审时度势，时机恰当，与他父亲基本上没有关系。事实上，如果他父亲当时知道，说不定还会极力阻止他下海，如果那样，我们今天还能见到一个当老板的石建南吗？

石建南当律师也比其他人当得好，甚至比他们主任当得好。

石建南他们事务所主任是个老司法工作者，来深圳很早，并且曾经是法院的副院长。大约正因为如此，所以石建南当初投奔老主任的麾下还费了一些周折。后来，得益于当初委托该律师事务所的案子太多，老主任确实需要人手，加上石建南算是就地下海，户口和人事关系全部都在深圳，使用起来当然比那些刚刚从内地来深圳的应聘人员要更加放心一些，于是，石建南才得以在老主任手下谋得一个位置。

石建南的工作是努力的，舍得花时间研究相关的资料，并且善于筛选对委托人有利的证据，善于发现和挖掘对对方不利的证据，并且对这些证据“上纲上线”，加上老主任的指点和老主任的面子，所接手的案子基本上都为委托人争取到了利益，于是，石建南很快在深圳的律师界有了一定的名气。有了一定的名气之后，石建南对老主任原有的运作方式就提出了异议。石建南认为，老主任虽然为委托人争取到了利益，但是事务所的收入并不理想，主要原因是老主任的运作方式陈旧。按照老主任的运作方式，会让委托人认为他们的官司本来就该赢的，而且赢得非常容易，所以，委托人只能按照国家司法部的相关规定支付基本的律师代理费。石建南认为这样不行，石建南认为，做律师的，一开始要把问题说得很严重，说成委托人的官司很可能要败诉，并且真的找出几个可能要败诉的理由出来，然后让委托人很着急，很担心，甚至很害怕，只有这样，委托人才愿意支付更多的费用，比如愿意接受双方协议收费，按照事务所为委托人争取到的实际利益的百分比收取代理费。这样，事务所的收入才能增加，接手案子的代理律师收入才能增加。

石建南不但这样想了，而且这样说了。但是他不是跟老主任说的，而是跟副主任和几个业务骨干说的。

“你说怎么办?”副主任问。

副主任这样问就表示他同意石建南的意见。事实情况也是如此。这个律师事务所本来是副主任创立的，但是业务开展得并不怎么样，后来老主任不知道因为什么原因从法院副院长的领导岗位上退下来，副主任抓住这个机会，几顾茅庐，并且主动把主任的位置让出来，自己甘居副职，才把老主任请出山。老主任上任之后，事务所的业务果然红火起来，并且接连赢了几个大官司，一下子使该事务所在同行业中脱颖而出。但是名声是响了，可是经济效益并没有成比例提高。副主任心里着急，却不好说什么，既不能“指导”老主任怎么做，更不能把老主任的位置要回来，正着急着呢。所以，石建南这个时候跳出来发表这样的言论，可谓正中副主任的下怀。

“是不是让老主任退居二线?”其中的一个骨干说。

副主任没有说话，轻轻地摇了摇头，但是摇得比较犹豫。

“不妥，”石建南说，“老主任不能退。”

副主任抬起头，看着石建南。其他几个人也看着石建南。

石建南说：“老主任绝对不能退，不但不能退，我们还要把老主任捧得更高。但是我们可以把工作程序调整一下。”

“怎么调整?”副主任问。

其他几个人虽然没有说话，但是眼神当中也表达了同样的询问。

“现在我们的程序是项目负责制，”石建南说，“就是一个案子由指定的律师负责到底，既要负责打官司，又要负责和委托方谈委托合同，我认为这样不妥。”

“可是所有的事务所都是这样运作的呀。”其中的一个骨干说。

石建南说：“其他所是这样，但是我们所不能这样。我们所情况特殊。”

那个骨干还要说什么，被副主任制止了，副主任的意思是让石建南把自己的想法说完。

石建南继续说：“我的意思是这样，正副主任要分工，老主任专门负责打官司，副主任专门负责谈委托合同。”

副主任听了眼睛当场发亮，但是紧接着又暗了一下。

“怎么跟老主任说呢?”副主任问。

“不用说，”石建南说，“我们几个心里有数就行了，就按这样的方式运作，把老主任推在第一线，让老主任一天到晚忙于具体官司，谈合同的事情我们把它挡下来，挡到副主任这里谈，反正副主任也有权签合同，这样做也是为了让老主任更好地集中精力忙案子。”

“要是老主任过问起来怎么办?”其中的一个骨干问。

“一般不会问的，”石建南说，“问起来再说，反正副主任到时候肯定会有办法搪塞。”

副主任这时候好像在想什么问题，一边想一边点头，也不知道是真点头还是习惯性地点头。

“就这样，”副主任说，“来了案子我们先筛选一下，凡是伸缩性比较大的，合同拿到我这里来签；凡是没有什么可变因素的，或者说伸缩性非常小的，还是交给老主任签，这样，老主任就根本不会产生任何想法了。接案子筛选的事情就由石建南负责。”

如此，石建南一下子就相当于事务所的“三把手”了。

如果换上其他人，比如换上唐向羽，能在这么短的时间之内取得这么好的成绩，肯定会相当满意了，但是石建南没有。事实上，石建南在“三把手”的位置上没有干多长时间，就二次下海，这次下海是自己做老板。

8

石建南是从他接手的这些案子当中受到启发的。

自从当上“三把手”之后，按照副主任和几个骨干的商量意见，事务所的绝大多数案子都需要经过石建南的初步筛选，然后确定是直接提交到主任那里还是拐弯送到副主任这边，如此，石建南在短时间之内就接触到了大量的案子，同时也接触到一大批老板。于是，石建南就有两个重大发现。第一，很多老板的管理能力和决策水平其实是相当差的，甚至有些老板简直就是傻瓜，至少跟石建南比较起来就是傻瓜。第二，做生意才是真正的赚钱，而做律师，说到底是一种中介服务性质，赚的永远只是零头，要想真正成就一番事业，绝不能满足于赚取蝇头小利，而应当争取自己做生意，自己当老板。

石建南没有什么大钱，当然不敢想象去做房地产这样的大生意，尽管他知道做房地产能赚大钱，并且除了做律师之外，他还就是对房地产还比较熟悉一点。既然不能直接做房地产，那么就做与房地产相关的生意，他相信做与房地产相关联的生意肯定也能赚钱。换句话说，做生意也要像当时的一些年轻漂亮的女孩一样，要傍大款，只有傍大款，才能赚大钱。

石建南一开始看中的是做消防工程。石建南接手的案子中就有一单是关于消防工程的。案子并不复杂，就是房子建好之后，由于房地产市场整顿，国家银根紧缩，房子卖不出去了，所以开发商没有钱支付消防工程款，消防工程公司就把开发商告上了法庭。在这桩案子的代理过程中，石建南知道这样一个事实：消防工程的利润率是百分之五十以上！而任何一个房地产开发项目都必须要做消防工程，否则就不能通过验收。

石建南看到了商机。

看到了，但是没有抓住，或者说是根本就抓不住，因为几乎所有的消防工程当时都被消防管理部门自己的下属公司垄断了，其他人或者是公司根本就插不进。不是开发商喜欢挑选消防管理部门的下属公司来做消防工程，而是如果他们不这样做，那么工程就不能通过验收。于是，摆在石建南面前的一个非常现实的问题是：如果是石建南这样的人开一个消防工程公司，并且碰巧也接到了业务，做完之后，上哪儿去通过消防验收呢？而如果不能通过消防验收，就会影响整个工程验收，这样的损失是石建南承担不了的。所以，石建南的二次下海一开始并不顺利。但是，机会总是等待有准备的大脑。这时候，石建南了解到一个情况：消防工程公司还兼做楼宇智能化工程，但后者并不在消防管理部门的验收范围。就是说，智能化部分并没有列入房地产开发必须验收的项目。

机会来了。

石建南决定自己成立楼宇智能化工程公司，客户资源就是以前跟他有交往的这些房地产开发商。石建南相信，这些开发商别的本事没有，迎合大众赶时髦的本事肯定会有的，因此，他们今后的房地产项目开发肯定会上“智能化”，就是为了好听也要上“智能化”。

经过仔细研究，石建南发现，“智能化”其实并不复杂，当时的主要功能好比是各级政府部门每年一度的工作报告当中必然出现的几个由英文字母组成的小词组，比如 GNP 之类，其实完全可以用标准的汉字来表达，但是用上几个英文字母之后，立刻就显示出报告人与时俱进的水平来了。

既然准备为老客户开发新服务，那么就必须突出自己曾经是做律师的身份，就好比当时的消防工程公司，要千方百计地突出自己跟公安部门的关系一样。怎么突出呢？当然是在公司的名称上做文章。受消防工程公司取名“恭安”“金盾”之类的启发，石建南给自己的公司取名为“天衡”，因为司法的标志就是一个天平，“天平”跟“天衡”不是比“公安”与“恭安”更接近更巧妙更文雅吗？

石建南的第一单生意是跟林老板做的，因为几个月前石建南还为林老板的官司出了大力，为林老板的公司争取到了可观的利益。当时林老板非常感激石建南，说了这样的话：石律师做律师太可惜了，如果自己做老板，将来肯定大有作为。并且还说，如果石律师将来做老板了，在生意上有什么需要关照的地方，林某一定关照等等。当时石建南对林老板的话并没有在意，现在回想起来，真有一种“有朋自远方来”的感觉，于是，立即就把林老板列为知己。

既然是知己，既然当初林老板有这样的话，那么石建南当然第一个就要找林老板。

翻出林老板的名片，谢天谢地，林老板的手机号码还没有变，并且还记得“石律师”。

石建南知道这种事情在电话里面说不清楚，于是就不说什么事情，只是要求见面。林老板问什么事，石建南说没什么事情，就是想见面感谢一下。

“感谢?”林老板问。

“感谢。”石建南问。

“感谢什么?”林老板问。

“感谢您当初对我的点拨呀。”石建南说。石建南在这样说的时候，就尽量使自己的语气既像是老朋友，同时又是非常尊重他的老朋友。

“您忘了?”石建南说，“当初您鼓励我自己做生意，并且说如果我做生意一定能做好。我对于您的鼓励想了几个月，最后终于下定决心了，现在真的就自己做了，而且借您吉言，现在生意果然做得还可以，您说我该不该感谢您?”

石建南这样说的时候，其实一单生意还没有开张，仅仅就是注册了一个天衡公司而已。但是他必须这么说，如果他不这么说，而是像崔永元搞的那个节目，实话实说，说我现在还没有开张，一个业务都没有，就等您林老板给我饭吃呢，那么完了，林老板肯定会继续鼓励他一番，然后说自己此刻正在美国，见面的事以后再说吧。

“是吗?”林老板说，“那好啊。我早说过，你要是出来做生意，一定能成就一番事业。”

“是不是成就一番事业不敢说，至少比在事务所的时候挣得多一些吧。”

“好好好，祝贺祝贺。”

“所以我说要好好感谢您呀，”石建南说，“您就是我的领路人呀。”

“不敢，不敢。”林老板说。

“不但我要感谢您，”石建南说，“我们天衡公司的全体员工都要好好感谢您。我昨天在会上还跟员工们说到您，闹得几个女员工今天就吵着要我找机会带她们去见您，怎么样，林老板能不能够满足一下她们的美好愿望?”

石建南这样说也算是合理夸张，因为这时候天衡公司只有他一个人，既然只有他一个人，所以只要他感谢林老板了，当然也就是“全体员工”都感谢了。至于“女员工”，好办，实在不行把自己的老婆带上就是。这样做更加合乎情理，因为大凡创业阶段，所谓的公司绝大多数都是从夫妻店开始的，把自己的老婆说成是“女员工”也不算过分。

林老板大约天生是个惜香怜玉的君子，一听说天衡公司的女员工都想见他，顿时产生了一种强烈的责任感，觉得无论如何不能让石建南手下的女员工受相思之罪，于是约了时间和地点，并且一再强调见面可以，感谢就免了，所以一定要他请客，否则就是不给他面子等等。

等到约定的那一天，石建南果然带了两个“女员工”。其中的一个就不用介绍了，是石建南的老婆，另一个是内地一个同学的妹妹，叫裴柳莎。裴柳莎思想比较新潮，但她的新潮思想常常遭受周围的人的说三道四甚至是指责，于是就觉得自己的思想可能更适合于西方世界，但是，出国毕竟不是一件容易的事，只好退而求其次，来到深圳。裴柳莎来深圳的时候，带着哥哥的信，找到哥哥的两个同学，一个是当初直接分配来的唐向羽，另一个自然就是后来调动来深圳的石建南。哥哥的信中说得非常清楚，就是请二位老同学在可能的情况下关照关照他的妹妹。真是可怜天下哥哥心。

裴柳莎首先找到的是唐向羽，因为唐向羽自打毕业分配来深圳之后，就再也没有动过窝，所以好找。裴柳莎找到唐向羽之后，唐向羽看了信，见是老同学写给他和石建南俩人的，于是马上就打电话给石建南，把情况说了。也该这个裴柳莎运气好，本来像这种情况，石建南是肯定有一百二十个理由推得一干二净的，但是那天正好是他刚刚放下给林老板的电话，正在想着是真的把自己的老婆推到第一线呢，还是另外再想一个办法，正在这个时候，接到唐向羽的电话，于是，马上眼珠子一转，对唐向羽说好，晚上聚一聚，把裴柳莎带上，一起商量商量。

晚上三人聚在一起的时候，石建南主动提出了一个“帮助方案”：裴柳莎工作的事情他负责想办法，但唐向羽要负责给裴柳莎先找一个住的地方。

唐向羽刚开始有点不相信自己的耳朵，因为这是他第一次发现石建南如此热情，并且自己主动挑了一块硬骨头啃，而把里脊肉留给了他。难道石建南突然之间就变得高尚了？唐向羽知道，在深圳工作的人不怕请内地来的朋友吃饭，也不怕为内地来的朋友安排住处，就怕帮忙找工作，帮内地来的朋友找工作是深圳人最害怕的事情，难，而且可能将来会有连带责任，所以当时唐向羽对石建南敢于挑重担的举动真的有点意外，并且还有点感动。

“行，”唐向羽说，“我先把她安排在招待所。”

“不行。”石建南说。

“怎么不行？”唐向羽问。

“这不是一天两天的事情，”石建南说，“如果长期安排在招待所，费用让谁出？她刚来，肯定负担不起，你负担，她不好意思，不但她不好意思，我也不好意思，如果让招待所免费，一天两天可以，时间长了估计你也没那么大权力。”

“那怎么办？”唐向羽问。

唐向羽这样问，就表明他同意了石建南的观点，并且承认石建南讲的句句是实话。其实不但唐向羽承认石建南讲的句句是实话，就是裴柳莎自己也觉得石建南讲得很实在。

“你那么大房子空了干什么？”石建南问。

唐向羽愣了一下，并且快速地扫了一眼裴柳莎，甚至脸都微微有点红了。

不错，唐向羽是有一个大房子，足足有八十几平方，即使在当时的深圳，一个人住八十几平方也是大的。唐向羽的老婆正在办调动，但是还没有调动过来，前面说过，除非有特殊背景，否则不管什么人，往深圳调动总是比较难的，所以现在单位分给唐向羽的这套房子就是他一个人住，不要说安排裴柳莎一个人进去，就是安排一个三口之家进去，挤一挤也能住下，不过裴柳莎毕竟是一个女孩子，又是同学的妹妹，这样安排合适吗？

“你不要想歪了，”石建南说，“你不是有三间房子嘛，单独给她安排一间，怎么着也比住招待所强呀。”

这时候，石建南不但像个兄长，而且像个慈父，他把脸转向裴柳莎，非常亲切而诚恳地说：“深圳都是这样的，男的和女都可以住在一套房子里，只要不是一个房间就可以。”

裴柳莎笑了一下，说：“内地也一样，我哥哥现在就是‘合住户’，两家人住一套房子。有时候嫂子加班，那边一家的男人也正好出差了，一套房子里不也是我哥和那个女的住吗。”

裴柳莎的思想新潮可见一斑。

既然裴柳莎都这样说了，唐向羽如果再表示异议，那么反而就是此地无银或心术不正了。如此，裴柳莎的工作问题和住宿问题当天就解决了，这是石建南为同学帮忙最利索的一次，不但空前，而且绝后，堪为典范。

关于裴柳莎的“工作”，不必说了，自然就是天衡公司第一代老员工，并且上任之后的第三天就投入了实际工作。这个工作就是跟随石建南夫妇去见林老板。如果把夹在中间的一天培训也算上，实际上裴柳莎到深圳的第二天就开始工作了。所谓的“培训”，当然是石建南向裴柳莎交代在深圳工作的一些特殊性，特别是他们第二天就要去见林老板的一些注意事项。

裴柳莎是幼师毕业的，识文断字没有问题，并且在内地工作的时候经常向小朋友们讲道理，所以这时候领会石建南所讲的道理一点问题也没有，甚至石建南刚刚讲了上句，她马上就主动领会了下句，所以，第一次他们跟林老板的接触相当顺利，达到了预期的目的。

9

虽然已经说好了是林老板请客，但是感谢还是要表达的。石建南知道林老板抽烟，于是专门去了沙头角，买了两条货真价实的进口烟。林老板虽然不在意这两条烟，但是在乎这份尊重，特别是在两个“女员工”面前的尊重。

石建南还赶着给二位“女员工”印制了名片，名片是石建南自己设计的，还有徽标，徽标是一个烫金的天平图案，闹不清楚的人，还真的以为天衡公司与法院之类的机构有什么关联。

石建南自己的名片上印的职务是董事长，他老婆的名片上印的是财务总监，而裴柳莎的职务是业务二部经理，仿佛她的前面还有“业务一部”，后面还有三部、四部、五部，一看就是正规的大公司。

林老板在裴柳莎的名片上停留了片刻，问：“深圳天衡楼宇智能化技术开发有限公司”具体是做什么业务的？裴柳莎现炒现卖，将这两天石建南对她的强化培训说了一通。说楼宇智能化是现代住宅和写字楼最重要的标志，相当于人的神经系统，一个人就算再健康，如果没有神经系统，或神经系统出了毛病，那也等于零。

这个裴柳莎到底是教小朋友看图识字的，给林老板讲解起来非常有耐心，举的例子形象生动，甚至比石建南向她讲解的时候还要生动，而林老板在那一刻也仿佛变成了乖孩子，竟然露出天真相，全神贯注地看着裴柳莎的红口白牙上下一张一合，并且顺着口腔看进去，恨不能一直看到裴柳莎的肚子里面。

为了不至于是傻看，林老板还提了一些小问题，比如价格方面的一些问题，裴柳莎自然对答如流。告诉林老板，只要增加百分之二的投资，就可以将楼盘的价格提高百分之五。并说互联网时代马上就要来临，未来的办公场所和现代人的住宅如果没有经过智能化的设计和安装，就像现在的楼房没有水和电一样，是没有办法使用的，等等。

裴柳莎虽然不能说是国色天香，但绝对属于漂亮的，至少比林老板的老婆更年轻、更漂亮、更有文化，并且由于思想新潮，所以衣着比较新潮，动作也比较新潮。动作新潮的标志是不但嘴巴能说话，而且眼睛和肢体也能够说话，并且充分表达了天衡公司全体女职员对林老板的景仰与尊重。衣着新潮的主要标志是节约用料，特别是上衣，将衣服的布料节省到不能再省的程度，不仅差点裹不住那对饱满的胸脯，而且肚脐眼也不甘寂寞，虽然不像真眼睛那样有眼珠子，但也学会了挤眉弄眼，如此，不仅有利于散发青春的魅力，也能上下呼应，给林老板一个立体的感官刺激，使林老板在听她讲述的时候不但耳朵工作，眼睛也不至于寂寞。

裴柳莎的表现不仅让林老板赏心悦目，而且石建南也跟着有点激动，激动自己没费吹灰之力就得到了一个人才。在石建南看来，人才与学历无关，而与表演才能有关，像裴柳莎这样，其实现在发挥的就是她的表演才能，于是就感悟人生其实就是一个大舞台，善于表演的人才能如鱼得水，看来自己也要补上这一课。

就在裴柳莎出色地表演并且不断用语言和眼神甚至肚脐眼跟林老板交流的时候，石建南新买的折叠手机还响了两次，一次是“对方”催工程进度的，还有一次是“对方”询问汇款收到了没有。当然，这两次电话都是石建南事先跟唐向羽约好的，由唐向羽“代表”两个假想的客户打过来的。

放下手机，石建南抱歉地说：“没办法，这些人像跟屁虫，为了能让楼盘好销，有条件没有条件的都要上智能化。”说着，还摇摇头，摆出一副无可奈何和招架不住的架势，并且当即大义灭亲，把手机关了，说：“今天要全心全意地陪林大哥，什么狗屁电话也不接了，生意算什么？要不是当初大哥点拨，哪里能有什么生意？来，我们三个敬大哥一杯。”

三杯酒下肚，石建南大着声音对裴柳莎说：“你以为林大哥真的不懂呀？他这是考你呢。林大哥是什么人？是深圳房地产的大哥大，他难道还不知道楼宇智能化？记着，今天你看到的林大哥，只是冰山的一角，跟着林大哥好好地学吧。”

林老板自然要谦虚一番，谦虚的方式是继承李鸿章的传统，凡听到别人表扬的时候，立刻就说“哪里哪里”，同时不自觉地把腰板往前挺了一下，看上去果然坐如钟。

裴柳莎后来就真的跟着林老板学了不少东西，并且他们互相学习。因为后来林老板所开发的楼盘果然在一夜之间全部都贴上了“智能化”的标签，并且贴上去之后果然就好销不少，而且单价还上去了，价格上升带来的收益大于支付给天衡公司对所售楼盘进行智能化包装的费用。

业务当然是交给裴柳莎经理所领导的“业务二部”完成的，其实那时候全公司就一个“业务二部”。为配合“业务二部”开展工作，石建南不仅自己全力以赴地投入进来，而且还紧急招聘了一个在消防工程公司做过的工程师，就是后来被麻近水顶替掉的那个工程师。不要看他后来被麻近水顶替掉了，刚来的时候却神气得不得了。那时候石建南把他直接当成了国宝，到哪儿都抬出来展示一番，并且擅自将其封为“专家”。事实上，当时那个工程师的主要作用并不是真的搞什么楼宇智能化开发，而主要是当招牌。后来他被麻近水顶替的根本原因也不真的在于麻近水，麻近水只是一个导因，真正的原因是天衡公司有了更好的招牌，这个招牌就是裴柳莎，因此从某种意义上说，他是被裴柳莎顶替掉的。

前面说过，裴柳莎并没有上过大学，只是幼师毕业，但是学幼师的人肯定要学表演，学表演的人往往注意自己的表情和动作，并且她新潮，新潮的人最容易接受新事物，最容易开发自己的潜能。要说裴柳莎的潜能，还是石建南和林老板这两位伯乐共同开发的。当初石建南看着林老板对裴柳莎非常有好感，为了促成第一单业务，石建南在向林老板介绍的时候，没有说裴柳莎是刚刚从内地来的幼儿教师，而把她介绍成从新加坡回来的“楼宇智能化专家”，后来这单业务开展起来后，林老板又以讹传讹，对他的手下和客户介绍裴柳莎是从新加坡回来的“专家”。再后来，在林老板的楼盘销售过程中，他坚持要求裴柳莎来现场做技术顾问，专门解答客户关于楼宇智能化方面的一些知识和问题，因为这些客户当中有不少就是冲着这个“智能化”来的，问一下是必然的。石建南知道裴柳莎的底细，不放心，怕现场出洋相，因为一旦现场出洋相，就不单是裴柳莎个人的洋相，而是整个天衡公司的洋相，甚至连林老板的房地产开发公司也跟着出洋相，这可不是闹着玩的。所以，在开头的几天里，石建南亲自带着工程师守在现场，准备保驾。但是几天下来，石建南发现自己的担心完全是多余的，因为这些客户当时对于楼宇智能化的了解还不如林老板多，并且他们中的大多数人跟林老板一样，在听取裴柳莎的介绍时，并不在意她到底说了什么，即使提问，那也是醉翁之意不在楼，而仅仅只是想再听裴柳莎说一遍而已。当然，听的过程也就是看的过程，看裴柳莎一张一合的红红的嘴唇，看裴柳莎呼之欲出的饱满的胸脯，看裴柳莎能说会道的眼神，看裴柳莎会眨眼的肚脐眼。大约是裴柳莎“专家”的声音和形象都太有感召力了，以至于来聆听她介绍的顾客量大增。有一次顾客量实在是太大了，于是石建南让工程师出面，在裴柳莎的旁边再开辟一个咨询点，结果发现，顾客对裴柳莎讲解的满意程度远远高于对工程师的讲解。于是，石建南深受启发，如醍醐灌顶，干脆假戏真演，直接将裴柳莎就包装成“新加坡专家”，并且将“专家”的玉照印在公司的画册上，理直气壮地贴上“新加坡楼宇智能化专家”的标签。那时候还没有“海归”这个词，如果有，石建南一定率先使用。

当时石建南的老婆对石建南的这种做法还提出了异议，说既然做假，还不如说裴柳莎是从美国回来的。

“为什么？”石建南问。

“说美国回来的不是更了不起吗。”老婆说。

“是吗？”石建南问。

“当然。”老婆说。

“那要是人家说起英语怎么办？”石建南又问。

老婆不说话了，对石建南的佩服又加了一个二次方。

裴柳莎在现场的表演，对林老板的楼盘销售还真的起到了促进作用。不知道是裴柳莎讲解的确实有水平，还是年轻漂亮的女专家魅力大，反正林老板的楼盘在粘贴了“智能化”的标签和请来“新加坡专家”的现场咨询之后，销售状况直线上升，当年就被评选为深圳市的十大明星楼盘之一。天衡公司和裴柳莎小姐本人也声名鹊起，因为林老板在《深圳特区报》上的连续六天的整版广告都有天衡公司的小字样和裴柳莎小姐的大照片，如此，原来那个工程师的招牌作用还有用武之地吗？正在这个时候，恰好又冒出一个麻近水来，所以工程师的走就成了必然。

这些情况麻近水一开始并不知道，而是加盟天衡之后，才慢慢听别人说的。

其实这种情况在深圳也不足为奇，凡是这样不是经过市人事局正式调动而是自己来闯深圳的人，在各企业之间的流动性是非常大的。有时候是老板炒员工的鱿鱼，有时候是员工炒老板的鱿鱼。比如像这个工程师，在被石建南利用了之后，就被石建南炒了鱿鱼，而裴柳莎的情况正好相反，裴柳莎是在利用石建南“成名”之后，马上就炒了石建南的鱿鱼。

裴柳莎炒石建南的鱿鱼更是必然的，因为林老板并不像他表面看上去那么傻，一期工程下来，他马上就明白“智能化”的真谛了。明白了之后，马上就自己注册了一家智能化工程公司，取名“天宇”，直接跟“楼宇”挂钩，并且聘请裴柳莎当总经理，以技术入股的名义送给裴柳莎个人百分之五十天宇公司的股份。这样的条件是石建南不可能开出的，所以想挽留都没有余地。并且裴柳莎上任之后，立即就把被石建南炒掉的那个工程师找回去，在“工程师”三个字前面又加了一个“总”，公开跟石建南唱起了对台戏。

“算了，”老婆安慰说，“你也不吃亏。”

石建南当然没有吃亏。石建南本来就是一个皮包公司，现在通过裴柳莎的表演和林老板的提携，有形资产和无形资产都有了，走了一个裴柳莎也照样开展业务，并且他相信，一定会有比裴柳莎更具表演才能和灵气的什么莎来顶替她的。好在那时候深圳没有几家做楼宇智能化的公司，天衡公司没有裴柳莎的表演和林老板的关照也照样生存和发展，但是石建南心里面还是窝火，窝火自己没有及时把这个裴柳莎“做”了。

虽然窝火，但是不能说，至少不能跟自己的老婆说。但是他还是想找人说，不说窝在心里面更难受，像是要炸出来。后来他真的找人说了，这个人就是唐向羽。

10

石建南找唐向羽算是找到知音了，因为唐向羽比他更窝火。

这样说是有根据的。毕竟，石建南虽然没有跟裴柳莎“做”什么，但是他还从裴柳莎身上得到不少东西，比如裴柳莎协助他淘到了第一桶金，比如天衡公司在深圳已经有了一定的知名度，比如再谈业务的时候石建南还可以举例天衡公司的具体业绩，等等，但是唐向羽得到什么了呢？用他家乡的土话说，除了陪姑娘撒尿之外，什么也没有得到。

话虽然难听，但道理还真是这样。

自从裴柳莎搬到唐向羽这里之后，他的心就一天也没有安生过，仿佛是一只饥饿的猫，每天晚上守在一条大鲤鱼旁边，能看却不能吃，你说能够安生吗？

前面说过，唐向羽一直在忙着帮老婆搞调动，但是那时候关于解决夫妻分居的相关政策还没有出台，而他老婆也不是什么特殊人才，只能慢慢排队。也有人劝唐向羽不要等着什么调动了，干脆让老婆下海，先过来再说，过来以后总有办法，比如石建南就这样劝过唐向羽，但是唐向羽不听，他还是要等。没办法，人与人不同，像唐向羽这样的人，说到底是比较保守的人，或者是依赖性比较强的人，一心想着有个依靠，这个依靠就是“单位”，所以他自己才不敢下海，所以他才不敢让他老婆下海，并且不是一家人不进一家门，他老婆跟他一个德行，也想依靠单位。既然想依靠单位，那么就只有等。

按说让老婆慢慢排队等着调动也没有什么错，可就是感情问题让唐向羽受不了。当然，所谓的“感情问题”是中国人比较含蓄的一种表达方式，其实说白了就是生理问题。

唐向羽毕竟是国家干部，而且是国家政法部门的干部，当然不能去嫖娼。再说嫖娼也是需要胆量的，唐向羽显然没有这个胆量，他要是有胆量去嫖娼，就肯定有胆量让老婆下海了。所以，唐向羽当时实际上是处于极度的性饥渴状态，这个时候裴柳莎的到来，无疑是在星星欲火上又撒了一把盐，当即就噼啪作响。

唐向羽尽量克制自己，想着裴柳莎还是个小姑娘，自己既然不能为她的将来负责到底，那么就不能占有她的“第一次”。想着裴柳莎是自己同学的妹妹，既然朋友妻都不可欺，何况同学的妹妹呢？唐向羽还有一个美好的幻想，想着来日方长，只要自己的行为确实像一个大哥哥，像一个正人君子，没准这个裴柳莎哪一天自己就会主动投怀送抱，只要是裴柳莎自己主动投怀送抱了，那么就不能怪我了。

怀着美好的幻想，唐向羽每天睡觉的时候都把卧室的门开着，不知道是等待着裴柳莎主动进来投怀送抱，还是想听听她的动静，或者什么都不为，就为这样能与异性近一点，近一点也好。但是开门睡觉也有一个问题，就是耳朵累，因为他的耳朵始终是竖起来的，非常希望能听见裴柳莎那边发出的任何一点点响声，哪怕是一个咳嗽声，一个书本掉在地上的声音，或者是说梦话的声音，甚至是打一个哈欠的声音，当然，最激动人心的还是裴柳莎上卫生间的声音，因为上卫生间的声音离性最近，产生的联想也比较切合实际。

大约正是受到这种联想的启发，唐向羽很快就有了进一步的行动，这个行动就是声称自己卧室里面的卫生间坏了，于是只好和裴柳莎合用一个卫生间。实践证明，这个行动比第一个行动更具有实际意义。首先，唐向羽马上就联想到家乡的一句土话，叫作“两个人好到尿在一个壶里”，他现在跟裴柳莎就尿在一个抽水马桶里，抽水马桶不就相当于“壶”吗？于是，唐向羽在上厕所的时候，就有了丰富的想象力。其次，公用卫生间跟裴柳莎的卧室对门，而这个裴柳莎不知道也是性饥渴还是没心没肺，居然也是睡觉不关门，于是，唐向羽每次去卫生间，都可以顺便看她一眼，要是运气好了，裴柳莎没有把毛巾被搭在腿上，唐向羽还能看见裴柳莎两根大腿之间被勒成一根小布条的三角裤。如此，唐向羽就不但可以饱耳福，而且可以饱眼福了。但是，这样也有一个坏处，那就是害得唐向羽不停地上卫生间，仿佛是得了急性前列腺炎，更不能安生了。

合用一个卫生间的另一项实际意义是等于二人合用一个浴室，因为卫生间除了排泄之外，还有一个作用就是洗澡。深圳天气比较热，生活节奏快，所以在深圳生活的人肯定是天天要洗澡。唐向羽每次都是等到裴柳莎洗完他再洗，这样做可以一举两得，第一是显示做大哥的风范，第二是可以一边洗澡一边呼吸着裴柳莎残留在卫生间的气息。特别是这个裴柳莎喜欢洗热水澡，所以残留的气息更浓，足以支撑唐向羽洗上一个时辰。事实上，唐向羽后来对裴柳莎的气息已经产生了某种依赖，或者是条件反射，闻见这个气息就能兴奋。当然，如果这个气息加上合理的想象并伴以手上的动作，那么基本上就可以完成一次质量尚可的生理活动了。

正当唐向羽已经渐渐适应这种生活的时候，这一天裴柳莎早上出门的时候突然对他说："唐大哥，我要搬走了，谢谢你这段时间对我的关照。"

唐向羽大脑还没有转过弯，裴柳莎就已经走了，并且在说谢谢的时候还没有忘记把一串钥匙留下，搞得像电影上情人之间分手的样子。

裴柳莎说走就走了。来的时候提了一个箱子，走的时候仍然提了一个箱子，至于房间里面剩下的一些杂志和两双鞋子之类，显然是丢弃不要的了。

裴柳莎走得彻底，而且是早上走的。裴柳莎到底是中国人，而不是新加坡人，中国人早上不洗澡，所以连身上的气味也没有给唐向羽留下。早上走的另一个好处是让唐向羽来不及反应，要是晚上说明天走，说不定经过上半夜的思想斗争，唐向羽下半夜突然就斗胆把她"做"了，现在是早上告诉唐向羽要走的，并且是说走就走了，唐向羽连“斗胆”的机会都没有。你说他是不是比石建南更亏？

后来，在唐向羽清理裴柳莎住过的那个房间的时候，还意外地在床缝里发现一个未开封的避孕套，质量不错，一看就是正宗的进口产品，更是把唐向羽后悔得捶胸跺足，早知她不是“小姑娘”，老子何必假正经？

还好，幸亏是唐向羽发现了这个避孕套，这要是等他老婆来的时候发现了，唐向羽恐怕要背一辈子黑锅了。

现在石建南来跟唐向羽诉苦，不是找到知音了吗？

唐向羽把石建南当作知音了，但是石建南并没有把唐向羽同样视为知音，因为任唐向羽怎样说，石建南都不相信唐向羽没有沾到腥。

“一天两天可以，”石建南说，“你们俩在一起几个月，难道你就没有一次跨越雷池？”

任唐向羽赌咒发誓，石建南还是不信。

“其实你沾了腥也无所谓，”石建南说，“何必不承认呢？”

气得唐向羽差点追着裴柳莎强奸一次。

唐向羽当然没有真的追出去强奸裴柳莎。男女之间的事就跟生意场上的事情差不多，也是讲机缘的。机缘来了，由于各种各样的顾虑作怪，没有抓住，留下的就只有遗憾和阵痛。同样的机缘再出现的可能性是微乎其微的。

唐向羽的遗憾和阵痛毕竟是暂时的，而裴柳莎的出走对石建南天衡公司的影响可能是永远的。企业的发展跟一个人的成长还不一样，人的成长，不管经受多么大的灾难，只要活着，就总能长大，而企业错过了发展的好时机，可能就永远长不大了。

裴柳莎走的时候，由于对石建南有怨气，所以差不多一下子把“业务二部”的人全部带走了，而当时天衡公司就一个“业务二部”，所以实际上就等于把全公司的人都拉到天宇公司去了。幸好，还剩下一个，这个人就是麻近水。

麻近水当时刚刚从谢老板那里跳槽过来，一方面跟裴柳莎不是很熟，所以裴柳莎没有拉他；另一方面麻近水刚刚跳槽，也不想马上又跳一次。所以，麻近水就留下了，并且充当了“种子”。

裴柳莎出走之后，石建南首先反省了自己的所作所为，觉得自己怎么着都是一种热衷于占小便宜的小家子做派。包括把裴柳莎安排在唐向羽那里住，包括把工程师炒掉，包括只用两条烟就打算把林老板彻底打发了等等。如果当时不是这么小气，比如在跟林老板签订了合同之后，给裴柳莎安排一个房子，再给她一定的业务提成，她至少不会那么快就离开，而且是带着怨气离开。只要裴柳莎不那么快就离开，哪怕是再坚持半年，那么天衡公司就能迅速抢占一个制高点了，那么天衡的发展就会更好。所以石建南认为，正因为是他自己的小气和自作聪明，才导致了裴柳莎的出走，才让天衡公司失去了一个快速发展的最好时机。

痛定思痛，石建南这时候才感悟做生意其实真的就是做人。

反省之后，石建南的第一项工作就是招聘，并且正好把曾伟力招聘了进来。

曾伟力其实是被麻近水招聘来的。

那天在人才市场招聘的时候，天衡公司一共去了三个人，一个石建南，一个石建南的老婆，还有一个就是麻近水。

天衡公司也就这三个人了，所以，那天的招聘可以说天衡公司是倾巢出动。

本来麻近水就是陪相，说起来是“大公司”，然后就夫妻两个在招聘，实在说不过去，只好把麻近水带上。接待应聘的时候，石建南坐中间，石建南的老婆和麻近水一左一右分坐两边。虽说是招聘别人，但麻近水的心情一点也不比应聘者轻松。这种心情麻近水自己知道，但是应聘人员不知道。应聘者在自我推销的时候，除了把微笑投给石建南外，多少也还投一点给麻近水，因为这时候的麻近水来广东差不多四年了，加上本来就在城里上过三年高中，所以现在的麻近水除了户口还是农村人之外，其他地方基本上就是城里人了。本来应聘者投给麻近水的微笑是想讨好他，却反而把麻近水弄得更加紧张。特别是应聘业务员的那几个风骚漂亮的女孩，大约是放电的能量大了点，竟然把麻近水照射得满脸通红。

最后一关是工程师的录用。由于我们国家当时根本就没有“楼宇智能化”这个专业，所以录用工程师比录用业务员困难一些。最后石建南决定在一个学工业自动化的和另一个学工业电工的里面录取一个，但是石建南对工业也不是很懂，他不知道这两个专业究竟哪一个更接近“楼宇智能化”。这时候，不知道是想掩饰自己的无知还是病急乱投医，石建南竟然忘了麻近水是个

“陪相”，竟然侧过脸来问麻近水。麻近水已经经历了几个年轻美丽的女孩的严峻考验，现在自信心也增加不少，自然不会被两个男人吓倒，想着这大学生们也不过如此，如果当初我是城市户口，也上大学了，于是，还真把鸡毛当令箭，煞有其事地在“工业自动化”和“工业电工”之间来回地比较了一番，最后果断地把手指向“工业电工”，因为他已经干了半个月了，知道现在所从事的工作其实就是“电工”。本来石建南是病急乱投医，随便问一下，没想到麻近水还当真了，并且态度这么明确，也就信以为真，果断地录取了曾伟力，因为曾伟力就是那个学“工业电工”的。

如此，曾伟力当然算是被麻近水招聘进来的。

11

前面说过，曾伟力、石建南、麻近水是同龄人，1970 年出生，1988 年高考。曾伟力考取中原工学院，成了该校工业电工专业的一名大学生。

曾伟力虽然是城市人，在录取分数上相对于麻近水这样的农村考生来说是占了一点便宜，但是相对于石建南来说他又是吃亏的，因为他父母都是老实巴交的工人阶级，没有任何门路，所以大学毕业之后，没能留在郑州，而是被分配到陕县电机厂。

曾伟力的父亲是搬运工，母亲是临时工，爸爸妈妈这一辈子最引以为豪的就是五十年代末毅然决然地从农村走进了城市，来到郑州，并且经过千辛万苦，最后终于落上城市户口，成了正儿八经的城里人，现在好不容易把宝贝儿子培养到大学毕业，与其让他上了大学分配到陕县，当初还不如让他上个中专或者是技工学校，这样至少还能保住郑州户口。

从郑州分配到陕县，在郑州人看来跟当年知识青年上山下乡几乎没有什么区别。曾伟力的一个姐夫干脆建议曾伟力拒绝接受分配，就留在郑州自己找工作。

但是曾伟力不这么看。曾伟力认为，如果没有上学或者是上个技工学校，不错，是留在了郑州，但是留在郑州只能做一个工人，跟父亲一样的工人。而现在大学毕业后分配虽然远了一点，偏僻了一点，但毕竟是属于国家干部，国家干部与工人是有本质区别的。曾伟力从小就知道干部与工人的区别，准确地说是从上小学一年级的时候就知道的。没有人对他说，是他自己知道的。

曾伟力小时候家庭经济状况不好，所以曾伟力小时候没有上过什么托儿所和幼儿园。曾伟力小时候是三个姐姐带大的，带到直接上小学。曾伟力上小学一年级的时候，就能明显地感觉到工人子女与干部子女不一样，不仅穿着打扮不一样，脸上的水色不一样，就是老师对他们的态度也明显不一样。从那时候开始，曾伟力就逐渐形成了一个信念：长大一定要当干部。等到大了一点之后，大约是上了初中之后，他进一步明确地知道，要想当干部，必须考上大学。所以，曾伟力学习一直是非常用功的。非常用功的目的只有一个：考上大学，将来当干部。现在曾伟力的愿望总算实现了，他能放弃吗？所以，尽管母亲和姐姐哭天抹泪，尽管父亲低头抽烟一言不发，尽管他自己也明知道路途遥远，但是曾伟力还是满怀希望地奔陕县报到去了。

从郑州到陕县，比曾伟力想象得要远，而且好像越走越远，越走心越凉。特别是过了洛阳之后，车窗外面的景色马上就变了。不仅大地的颜色变了，连形状都变了，变得没有坡度，直上直下的，像壕沟，也像绝壁，但不是岩石绝壁，而是黄土绝壁。

曾伟力没想到还没有出省呢，就变化这么大。想着前年暑假跟同学一起去黄山和庐山，走得也蛮远，怎么没有这么大的变化呢？

曾伟力开始有点理解父母了。

车过三门峡，又走了大约几十公里，终于到了陕县。

陕县县城比曾伟力想象的小多了，比较像样一点的建筑就是火车站。陕县小，但是陕县的火车站相对来说不小，至少比曾伟力这一路过来的时候看见的许多火车站要大一些。后来在这里工作了一段时间之后，才知道这里有一个铁路局的水电段。

县城几乎没有什么楼房，电机厂宿舍也是平房，并且这里平房的建筑材料跟郑州还不一样，即便都是红砖，郑州的红砖是红色的，而陕县的红砖是橘色的，也就是以黄为主的那种颜色。仿佛是时刻提醒着曾伟力：这里是黄土高坡。本来曾伟力以为只有到了陕西和甘肃才有黄土高坡，现在才知道河南也有。

正式上班之后，曾伟力才发现，“干部”已经发生异化了。党政机关要实行公务员制度，企业要实行全员劳动合同制，无所谓干部不干部了。假如一定要寻求“干部”的踪影，那么勉强可以将公务员理解成“干部”，而企业的内部，只有职务的差异和工种的区别，不存在“干部”了。

这一变化对曾伟力的打击很大。辛苦努力了十多年，就像一个守财奴努力积攒了一辈子，终于攒到了一大笔钱，突然赶上通货膨胀，手中花花的票子变得一文不值一样。

曾伟力自己掂量了一下，调政府机关当公务员或许是保持理想的最佳途径，但这是不可能的。一来没有关系，如果有关系，当初就不会从郑州来陕县了。二来政府机关也在压缩编制，正在想办法把人往外面“骗”，“骗”的方式是先按照对口的原则政府各部门都抽几个人办一个公司，然后突然宣布公司与政府脱钩，没有任何关系了，再慢慢让这个公司自生自灭。曾伟力有一个姐夫，原来就是在机关工作，后来就是这样被“骗”了出来，使他们家在“朝中”唯一的一个苗，也被斩草除根了。在这种情况下，不要说曾伟力进不了机关，就是进去了，也不敢保证不被铲出来。

曾伟力也想到了第二个途径，就是争取在企业内部混个一官半职，至少可以算作“内部干部”，保持半个理想。但是试探了一下，根本不可能。陕县偏僻，正因为偏僻，为了发展，曾经采取过一些灵活的措施，其中之一就是用解决配偶及子女农转非的政策吸引了一大批具有高学历的科技人才，他们这个一百多人的小小的电机厂，就有十几个老大学生，都在五十岁左右，而且是名牌大学毕业的，比如清华大学机电专业毕业的。这些老大学生为了解决自己老婆和孩子的农转非问题，不惜从大城市来到陕县，不惜从科研机构来到小小的电机厂，明知在学术上寻求发展是不可能的了，剩下的就只有跟曾伟力一样，千方百计地想保住“干部”的身份，全部把目标锁定在厂里的领导岗位上。如今小电机厂已经有五个副厂长了，而且后面还有十多个急吼吼地排队等着，恨不能买包老鼠药把前面的几个毒死，哪里还能有曾伟力的盼头呢？

当“干部”是没有指望了，那么只好面对现实，先好好生活吧。但是一谈到生活，马上就冒出第二个问题，就是个人问题。不要说结婚了，总得谈恋爱吧。曾伟力不知道怎样解决谈恋爱的问题。主要是没有目标。按照曾伟力家乡的说法，谈恋爱也叫搞对象，没有对象怎么搞？就像是钓鱼，能不能钓到且不说，首先要有鱼，只要有鱼咬钩，哪怕钓不上来，起码还有个希望，要是这个塘里面根本就没有鱼，钓了半天浮子动都不动一下，还有情趣钓下去吗？厂里面几乎没有未婚的女青年。如今厂子不景气，正寻思着怎么裁员呢，哪里还招新工人。既然不招新工人，当然就不会有未婚的女青年。所以，当时的状况不是说曾伟力能不能找到对象的问题，而是根本就没有对象可找。

苦闷是可想而知的。那一段时间，曾伟力经常一个人跑到铁路边看由东向西或由西向东的列车。看由东向西的列车，就想到自己是乘这趟列车来的。看由西向东的列车，就想到自己如果登上这趟列车，就可以回到郑州了。有几次差点稀里糊涂就真的上了列车。反正陕县的火车站是开放的，至少从电机厂这边走过去是开放的。

这一天曾伟力又坐在铁路边看火车，看得高兴了，还对车上的人招招手，仿佛那车上有他的熟人。没想到这招还很好玩，因为车上果然也有人对他招手，这让曾伟力兴奋了半天，仿佛是在茫茫的戈壁上发现了远方的绿。特别是当对方是一个雌性的时候，曾伟力的兴奋程度不亚于痴迷的歌迷终于跟自己崇拜的偶像握了手。突然，车上飞下来一只酒瓶，砸在路基石上，一块碎片弹起来，又迸到曾伟力的头上，头上马上就溅起了血花。曾伟力脸上凝固着歌迷跟偶像握手之后的喜悦，用手捂住伤口，傻了。幸好有巡路工人将他带到铁路医院。

人们常说乐极生悲，曾伟力这算不算乐极生悲呢？假如算，那么反过来也是成立的。反过来就是“悲极生乐”。曾伟力果然就又经历了“悲极生乐”。

铁路医院很负责，或者说是值班医生很负责。没有收曾伟力的任何费用，免费帮他包扎了伤口，还打了预防破伤风的针。

曾伟力这时候已经从凝固的喜悦中摆脱出来。摆脱出来之后，自然就要对医生说谢谢，并且还要执意给医药费。

“你不是本地人吧？”医生问。问的声音比较友好。

“郑州的。”曾伟力说。

“出差？”

“不是。”

“旅游？”

“也不是。”

“那是干什么？”医生问。

“毕业分配来的。”

“分配来的？”

“分配来的。”

“刚来的？”

“刚来的。”

“在水电段？”医生瞪大了眼睛，“我怎么不认识？”

“不，”曾伟力说，“在电机厂。”

“难怪呢。”医生说。医生说着就摘掉了口罩。

原来是个漂亮的姑娘。

曾伟力发现的不仅是远方的绿，而是眼前清澈的泉！

“你怎么知道我不是本地人？”曾伟力问。既然是漂亮的姑娘，曾伟力自然就要主动了。

姑娘笑了一笑，说：“如果是本地的，怎么会主动付医药费呢？不找我们铁路赔偿就谢天谢地了。”

曾伟力这才想起来，他是被列车上的抛物砸伤的，铁路部门是该负点责任。

“你也是刚刚分配来的？”曾伟力继续发问。或者是没话找话。

“去年，”姑娘说，“去年分配来的。”

“从郑州？”

“南京，南京铁道医学院。”

“那要经过我们郑州。”曾伟力说。曾伟力这样说似乎有套近乎嫌疑，跟“男人也是我们女人生的”差不多。不过，现在顾不了那么多了。

在以后的几天里，曾伟力天天要去铁路医院，与其说是伤口换药，不如说是见那个姑娘。

姑娘叫杜玲。

12

杜玲的出现，再次证实了一个真理：天涯处处有芳草。曾伟力没有想到，在这么个偏僻的小地方，还有这样一个来自大城市的美丽的姑娘，冥冥之中仿佛是苍天的安排。

在今后的日子里，曾伟力不仅发现了杜玲的美，也发现了陕县的美，并且诗性大发，感叹这个世界上其实到处都不缺少美，缺少的只是发现美的眼睛。

陕县本来就是美的。那是一种独特的美。其实独特本身就是一种美。

陕县位于三门峡水库的上游，按照现在的说法，应该算是库区，但是当时很少有人这么说，至少当地的老百姓没有这么说。发现美丽的杜玲之后，曾伟力就发现库区其实是非常美的，有一种空旷的美，美得宽广，美得宁静，美得深远，甚至美得永恒。不像郑州，一年一个变化，使人很难找到“故乡”的感觉。曾伟力认为，“故乡”的形象应该是相对稳定的，离开故乡几十年，回来之后还能找出当年的影子，如果一年一个样，哪还有“故乡”的意境。从这个意义上，美得永恒是重要的。

曾伟力曾经跟他们厂的老邓去过库区，去感悟过这种永恒的美。

老邓是曾伟力的校友。这个老校友就属于电机厂那十几个当初为解决老婆孩子农转非而来陕县的老大学生当中的一个。但老邓与其他那十几个人不一样，老邓的老家在灵宝，跟陕县是邻县，到了陕县就相当于回到老家了，所以，当初陕县实行这个政策的时候，他第一个响应，当即从中原电力设计院来到陕县电机厂，并且按政策很快落实了老婆孩子的城镇户口。大约算当地人的缘故，所以老邓跟其他那些一批来的人的心态不一样，其他人来到电机厂之后像是受了天大的委屈，恨不能把电机厂当成跳板，未能如愿后，公开说后悔话的也不止一个两个。但老邓跟他们不一样，老邓似乎很满足，一脸光荣，大有“胡汉三又回来了”的派头，热衷于老婆孩子热炕头的美满生活，并且过得有滋有味。并且，老邓似乎也不想当“干部”，只要落得个自己愉快就行。工作之余，老邓不跑官也不拉关系，不假积极，而是自己找自己的乐趣，比如打猎。每到星期天，老邓一把猎枪斜挎在身上，骑上摩托车驶向荒原，神气得不得了。

由于是校友，又都是从郑州来的，所以老邓没有把曾伟力当外人。打猎回来共同享受自不必说，除了有福共享的意思外，还有要曾伟力证明他的丰硕成果的意思。曾伟力还懂得一些做人的基本道理，除了每次去的时候都提一瓶酒之外，就是第二天还没有忘记在同事面前津津乐道一番，仿佛具备了牛的本领，是把头天晚上吃过的野味又过一道胃口。于是，老邓跟曾伟力的关系又近了一步，不仅请曾伟力享受野味，还邀上曾伟力一起去打猎。但是那时候曾伟力心情不好，所以并没有发现库区的美，认识杜玲之后，再去库区的时候，才发现了那种空旷的、宽广的、宁静的、深远的和永恒的美。曾伟力当即就被这种美丽陶醉了。他突然想，要是能跟杜玲一起生活在这块美丽的地方，不也是一种幸福吗？

下次再去的时候，曾伟力就邀请杜玲同去。

老邓大约也是爱美之人，刚开始曾伟力说要带上一个朋友同去，他还不是很乐意，说三个人骑一辆摩托车恐怕不行，等见到杜玲之后，口气马上就变了，变得比曾伟力还要热情，并说为了安全起见，杜医生一定要坐中间。

那是令人难忘的一天。曾伟力、杜玲还有老邓他们三个都感到非常愉快。特别是杜玲，杜玲见到库区的景色之后，感觉跟曾伟力一样，竟然也发出感慨：这是一种罕见的美呀！一个“罕见”，把曾伟力的空旷、宽广、宁静、深远和永恒全部包含了，于是，曾伟力就进一步发现了杜玲那内在的美。只是当时老邓正好在身边，否则曾伟力肯定就要问她：如果我们一起在这里生活一辈子怎么样？

回来的时候，曾伟力就有了美好的遐想，尽管费劲克制了，但由于是三个人骑一辆摩托车，身体贴得太紧，所以曾伟力的身体还是起了反应。杜玲是医生，曾伟力又贴得那么紧，所以她肯定是感觉到了。感觉到了，但是没有抗议，不但没有抗议，而且还回头对他笑了一下，笑得很诡秘，仿佛传递着只有他们俩才知道的秘密。这无疑对曾伟力是一种无声的鼓励，以至于在后半截的行程中，曾伟力甚至故意夸张这种反应，以便让杜玲的感觉更明显，只有杜玲的感觉更明显了，曾伟力反应才算没有白费力。就像他小时候听到的一个“抓特务”的故事，说在公共汽车上，一个男人挨着一个漂亮的女人，由于那个女人太漂亮了，所以，男人就有了反应，并且由于太强烈了，或者说是太明显，让那个漂亮女人感觉屁股上面顶了一把手枪，所以吓得赶快举手，说“我投降”。原来，这个漂亮的女人是美蒋特务，做贼心虚。现在曾伟力就相当于那个男人，杜玲就相当于那个漂亮的女特务，并且由于三个人骑一辆摩托车比公共汽车上还要挤，所以曾伟力的反应当比那个碰巧抓住女特务的男人反应还要强烈，所以，虽然坐在前面的杜玲并没有主动投降，但快到县城的时候，曾伟力终于没有控制住，放了空炮。

回到县城天已经黑了。老邓可能是不想让他老婆看见杜玲，于是提议直接把野味拿到杜玲那里做了吃。曾伟力当然是坚决响应。杜玲想了一下，说：“算了，我那里没有厨房，没法做，你们回去吧，我晚上要值班。”老邓又建议：“下个礼拜我们还去。”杜玲说好。

在此后的一个星期里，曾伟力一直处于一种半亢奋状态，忍了一天，星期二约杜玲散步，几次想把那天在库区想说而没有机会说的话说出来，但是想着最美好的语言应该有美好的景色陪衬，于是就忍住了，忍到星期天再去打猎的时候说。好不容易等到周末，曾伟力一个电话过去，杜玲回答："哎呀，不行呀，我男朋友从南京来了。"

曾伟力当即感到眼前一黑。

杜玲没有说谎，也不是有意推辞，确实是她男朋友来了。男朋友这么远从南京赶过来，她是不可能丢下男朋友而跟着曾伟力和老邓去打猎的。问题是曾伟力根本没有想到她已经有男朋友了。既然已经有男朋友了，干吗对我这么好？干吗在摩托车上还回头对我诡秘地一笑？干吗在后来的行程中对我的夸张的反应听之任之？干吗星期二还要跟我一起去散步？如果星期二散步的时候我胆子再大一点，把该说的话说出来，或者不说，但是把该做的动作做出来，那么，她当时会拒绝吗？如果不拒绝，那么她现在还能这样理直气壮地跟我说她男朋友来了吗？可惜，生活是不能"如果"的。如果能够"如果"，那么生活中就没有遗憾了，而没有遗憾的生活自然也就没有喜怒哀乐，那还是"生活"吗？

曾伟力当时十分后悔，后悔星期二那天没有说什么，更没有做什么。

曾伟力后来还找机会跟杜玲专门谈过这个问题。不是为了亡羊补牢，就是想弄清楚。不弄清楚他心里放不下。

当曾伟力终于开口跟杜玲说这件事情的时候，杜玲很吃惊，说："我一直把你当成朋友呀，你怎么能往那上面想？"

"你们男人就是这毛病，"杜玲说，"分不清友谊和爱情。"

曾伟力当时被她说糊涂了，以为自己真的是把友谊当作爱情了，并且还自责了一番，自责自己辜负了一个姑娘纯洁的友谊，甚至还想着继续保持住这种纯洁的友谊。直到在深圳经历了生活上感情上的风风雨雨之后，特别是跟刘姐有过男女之欢之后，才发现当初其实还是被杜玲耍了。刘姐说得对，男女之间哪里有那么多不带爱情的友谊呀？再说当时在摩托车上那么明显的生理反应，杜玲难道不明白是怎么回事？不明白是怎么回事干吗要回头诡秘地一笑？一定是她当时也寂寞难耐，也想，也需要，假如当时曾伟力只想做情人，而不涉及结婚问题，说不定杜玲就接受了。

刘姐的一席话，说得曾伟力又后悔半天。

曾伟力是在证明杜玲确实有了男朋友之后才决定离开陕县电机厂的。曾伟力跟谁都没有说，就跟老邓说了。老邓没有说支持还是不支持他这么做，只是请他喝酒，请他吃野味，然后说今后陕县这边要是有什么事情，尽管让他办就是。曾伟力忽然发现，老邓过的才是真正的生活。

曾伟力走后，听说老邓还是经常去打猎，并且比以往更有劲头了，因为他的摩托车后面常常坐着一个美丽的女孩，这女孩很洋气，至少在陕县那个地方很洋气，一看就不是陕县本地人。曾伟力知道，那女孩肯定是杜玲。杜玲有男朋友，但是男朋友在南京，所以在陕县她也需要异性朋友。如果当初曾伟力仅仅把她当作异性朋友，甚至当作情人，那么会怎样呢？难道真的让刘姐说准了？

再后来，听说杜玲调走了，调回南京了。杜玲调到南京以后，老邓照样打猎，只不过摩托车后面少了一个紧紧抱住他的腰的洋气的女孩罢了。

曾伟力承认，老邓比他会生活。拿得起，放得下。曾伟力做不到，所以活得没有老邓潇洒。曾伟力进了天衡公司之后，还给杜玲写了封信，当然是那种只谈“友谊”的信，因为他知道此时的杜玲已经调回南京了，这封信要么被退回来，要么被她的同事转到南京。无论是哪一种情况，这封信都必将经受磨难，很难不被别人拆开看，所以曾伟力就只能写“友谊”。曾伟力认为转到南京的可能性大一些，因为铁路部门带一封信非常方便，比退信还要方便。所以曾伟力一直在盼望着回信。但是直到现在，既没有收到退信，也没有收到回信，不知道是邮政部门把信弄丢了，根本就没有把信送到杜玲的手上，还是杜玲已经收到了这封信，但是没有给他回信，于是，这段感情现在成了悬案。

曾伟力常常想，如果当初一来深圳马上就给杜玲写信，那时候她还在陕县，肯定是能收到的，至少不会造成像现在这样有多种解释的局面。但是再一想，即使当时真的这么做了，也不行。因为即便杜玲那边收到他的信了，并且也回信了，但是曾伟力就能保证能收到回信吗？难，因为在来天衡之前，曾伟力基本上属于“三无人员”，无固定工作，无固定住所，无固定通信方式，在这种情况下，没办法与杜玲建立联系。更为重要的是，曾伟力当时朝不保夕，根本就没有心情与杜玲联系。曾伟力发现，来深圳的人，只有当他们自己感觉比较成功了，至少是比较稳定了，才会主动与昔日的旧友联系。昔日的旧友对这点不理解，甚至抱怨，抱怨去深圳的人都薄情，这其中的难言之隐恐怕只有深圳人自己才知道。毕竟，真正成功的永远只是少数，寻求相对稳定的生活也需要一个过程，但是这些话，曾伟力现在跟谁去说呢？他有时候会产生一个天真的想法，想着其实杜玲也来深圳了，并且此刻就在身边不远的地方，这时候也在幻想着能够找到他呢。这也不是不可能的。这个世界有时候给人的感觉很大，有时候又让人感觉很小，世界到底是大还是小？曾伟力不知道，恐怕也没有人能知道。

13

在他们三个人当中，曾伟力来深圳之后吃的苦最多。不但比石建南多，而且比麻近水还要多。与石建南相比就不用说了，与麻近水相比，麻近水相当于那种农奴，农奴虽然没有人格和地位，但是生活上还是有着落的，而曾伟力则相当于最底层的平民，除了“自由”之外，一无所有，生活也没有保障，可以说是什么苦都吃尽了。

首先说进深圳。麻近水是谢老板带进深圳的，所以进得一帆风顺，没有费任何周折，而曾伟力就不一样了。曾伟力当时的目标直逼“深圳”，所以到达广州之后，根本就没有出站，而是直接上了开往深圳的火车。大约是跟杜玲有过一段交往的缘故，或者是有一段时间天天看火车的缘故，所以曾伟力没有出站买票就登上了开往深圳的火车。这个举动显示了曾伟力作为大城市人的胆量和走南闯北的经验，要是换上麻近水是不敢的，换上石建南可能不愿意这么做。但是曾伟力这么做了。不但有这个胆量做，而且愿意做。曾伟力对铁路上的规矩懂，没有遇上查票的算他走运，遇上查票的就可以出示到达广州的车票，说没有来得及出站，现在补。曾伟力知道，最坏的结果就是多付几块钱的补票费。

结果，路上没有碰上查票的，却碰上了查边防证的。曾伟力由于没有边防证，在东莞境内一个叫樟木头的小站被赶下了车。

赶下车曾伟力也不怕，他已经想到会被赶下来的。能够被赶下来，说明大方向没有错，说明深圳确实是个好地方，如果不是个好地方，比如自己作为大学生去支援西北建设，别人请你去还来不及呢，哪里还会往下赶?

曾伟力不会因为被赶下来而退却的。这次来深圳，曾伟力是抱定了决心的，为了显示决心，他甚至没有在郑州停留，当然也就没有回家，而是直接南下，所以，这点小挫折是不会吓倒他的。

曾伟力对铁路比较熟悉，他相信只要沿铁路走，最后总能够进入深圳特区。就像一个人如果没有买票就上了火车，出站的时候，只要沿着铁路走一段距离，总是可以躲过验票口一样。现在曾伟力就这样往前走。大约是信念的作用，他真的走到了深圳。

走到了深圳，但是没有进得了特区，他在特区外一个叫布吉的地方被武警拦住了。

曾伟力掏出大学毕业证和身份证，但是边防武警连看也不看。不但不看，甚至也不说话，直接一个指明方向的动作，让他立刻离开。

既然对方连看也不看，甚至连话也不说，那就是一点商量的余地都没有。

曾伟力拐到公路上，手一招，上了一辆中巴。他已经看了站牌，这是一辆一直开往特区内的深圳火车站的中巴。上来之后，为了确认，还专门问了售票的，是不是到火车站，对方明确地告诉他：是。曾伟力一边掏钱买了车票，一边终于松了一口气，感觉天无绝人之路，在这个世界上，你只要有决心，就没有做不成的事。

一口气还没有松完，车就停了，要全部下车，步行通过检查站，过去之后再上车。

“不能进特区我买票干什么?”曾伟力问。不知道是问售票员还是问自己。

售票员没有说话，当然更没有给他退票。其他乘客也都奇怪地看着他，那意思不是把他当神经病就是把他当傻瓜。还好，到底是大城市长大的，到底是大学生，所以还没有人把他看成是乡巴佬。

这时候，有一个人主动凑上来，问他是不是要办边防证。

“多少钱?”曾伟力问。曾伟力知道天上不会掉馅饼，就是掉，他也不敢吃，怕有毒。

“两百。”对方说。

曾伟力已经学会了刚才边防武警的做法，不说话，直接往检验大厅里面走，仿佛那里的边防检查人员是他的亲戚。

“一百八，”对方说，“一百八怎么样?”

曾伟力依然昂首阔步。

“行了行了，”对方追上两步，“一百五。不能再少了。”

曾伟力知道还有水，于是坚定地走进检验大厅。在里面转了一圈，又有几个人热情地上来寻求主动帮助。

“我带你过去，怎么样？”一个人凑到他跟前，但是并不看他，像是对着别人说，但是旁边没有别人，显然还是对曾伟力说的。

“多少钱？”曾伟力问。同样也不看这个人，像是特务接头。

“五十。”

“怎么过？”

“翻山，绕过去。”

曾伟力一想，不行，路上你要打劫怎么办？省这两个钱冒这么大风险不合算。

“谢谢，我还是等我哥来接我吧。”曾伟力马上想象着自己有一个哥哥，并且用这个虚拟的“哥哥”来吓唬企图不良分子。

这样等了一会儿，来了一个说客，价格已经降到八十。

曾伟力把“哥哥”的话又说了一遍。这个老兄好像看出曾伟力的心思，但是不戳穿，而是给他一个台阶，说：“你哥哥一定很忙，与其让他请假跑过来，还不如花点小钱进去算了。”

“多少？”曾伟力问。

这个老兄仿佛是在割自己的肉，咬牙切齿地说：“看你也是将来做老板的人，交个朋友，一口价，六十，明告诉你，赚了十块钱。”

曾伟力没有立即回答，但是脸上的表情比刚才的边防武警要亲切一些了。

“会不会是假的?”曾伟力问。

“当然是真的,”对方说,“你先拿着,进去之后再给钱。”

曾伟力突然发现,深圳人做生意很讲规矩,至少这个老兄很讲规矩,价格可以谈,但是质量必须有保证。

“那好吧。”曾伟力说。

还真过来了!

这个老兄仿佛是认准曾伟力将来一定是做老板的料,真的是想跟曾伟力交朋友,收到钱之后,还给曾伟力留下一个电话号码,说将来无论要做什么证件,找他没有错。曾伟力还是担心真假问题。老兄说:“证件无所谓真的假的,别人只要承认就是真的,不承认就是假的,你说这个边防证,到底是真的还是假的?你进来了,就是真的,如果没有进来,就是假的。关键不要在乎真的假的,而是要看能不能起作用。”曾伟力突然觉得,深圳就是深圳,做假证的说话都这么有条理,看来自己真的是来对了。

套用一句语录,曾伟力进到深圳特区来,只是万里长征走完了第一步。

曾伟力要走的第二步是睡觉。现在曾伟力终于进到特区里面来了,既然已经进来了,那么就是取得了阶段性胜利,就要适当放松一下,一想到放松,马上就感到困得支持不住,就要睡觉。

宾馆这种地方是万万不能去的,再说凭曾伟力现在身上脏兮兮的这个样子,估计宾馆也不让进。根据曾伟力所掌握的知识,他觉得现在最好能找一个招待所，但是哪里有招待所呢？正发愁着，主动上来一个人。这个人看上去跟刚才卖给他边防证的那个老兄差不多，但是显然不是那个老兄，高矮胖瘦都不像，既然都不像，那么怎么能说差不多呢？曾伟力不知道。大概是气质吧。

“是不是要找住的地方？”这个人问。

神了。曾伟力想。怎么这些人都有特异功能？

“十块钱一天，”这个人说，“就是条件差一点，上下铺。”

“十块钱?!”曾伟力问。

“十块钱，”这个人说，“不能再低了。”

其实他误解曾伟力的意思了，曾伟力不是说十块钱贵了，而是没有想到这么便宜。按照曾伟力的想象，深圳的宾馆应该是每晚上两百块钱以上，那么招待所应该是五十到八十块钱一天，最便宜的也应该是三十，十块钱一天似乎是太便宜了。说实话，这么便宜反而让曾伟力有点不踏实。既然天下没有免费的午餐，那么有没有便宜的午餐呢？再一想，反正我是个男人，你总不会把我卖了吧。

“多远？”曾伟力问。问完之后马上就后悔，这不等于是问王婆的瓜甜还是不甜吗。根据曾伟力的经验，即使再远，他也会说不远。

果然，这个人说：“不远，就在前面。”

自己的猜想得到证实，曾伟力就有点得意，禁不住笑了一下，心情也跟着好了起来。

“行。”曾伟力说。

这个人就把曾伟力带着往前走了几步，也确实就是几步，或者是几十步吧，反正比这个人刚才说的“前面”还要近。

他们走几步远就到了一个公共汽车站。在公共汽车站旁边，这个人把曾伟力交给一个三十几岁的女人，说：“你就跟着她走吧。”

曾伟力当场就有一种真的被卖掉的感觉。好在被卖掉的不是曾伟力一个，旁边已经有几个像曾伟力这样的人。同样，说“像”也不是他们长得一样，甚至连性别都不一样，这里所说的“像”，大约就是一看就知道他们也是刚刚进关的，并且也是第一次来，也是想着先找一个地方住下了，也是怀着美好的梦想和怀疑一切的态度，这么多的“也”，难道不是构成了一个“像”吗?

这叫人以群分。

别说，见到自己的同类之后，曾伟力马上就获得了一定的安全感，甚至看到这些人就像是见到了亲人，起码像是见到了亲戚。于是他们就攀谈起来。一问，果然差不多，其中那两个女的还是曾伟力的老乡，也是河南人。这下真是亲人了，至少是“乡亲”。

那个三十几岁的女人还蛮客气，告诉他们再等一下，等再凑到三个女的，一起走。

不大一会儿，果然有人领了两个女同类来，再过一会儿，又来了一男一女。

那个三十几岁的女人数了一下人，自我介绍姓刘，叫刘英，你们就喊我刘姐吧。然后这个刘姐就开始宣布“纪律”。第一，个人的东西自己保管好，现金最好存在银行里，并说住的地方附近就有银行；第二，上下铺，每人每天十块钱，如果要吃饭，再加十块，单独一餐是五块钱，早餐两块；第三，现在每人先交二十块钱，算是押金。

其他两条没问题，最后一条有人反对，说："现在把钱交给你，到时候你跑了怎么办?"

刘姐大概是经常听到这样的话，所以这时候也不生气，说："你们这么多人，我一个女人能跑得了吗?"

刘姐是笑着说的，所以她说完，其他人也就跟着笑了。

刘姐一边收钱一边解释：不是她小气，也不是不放心大家，主要是怕有的人中途变卦，一旦中途变卦，床铺就要出现空位，还要回来找人，为一两个人再跑一趟不合算。刘姐还说，不要看她收了我们的钱，其实还要抽头给刚才介绍我们来的人，其实她这个做"老板"的赚不到什么钱。

刘姐没有骗他们，刚刚收完钱，刚才领他们来的人就来向刘姐收钱。

住的地方是一个三居室的房子，男人两间，女人一间，最后来的那一对男女显然是夫妻，但也被残酷地分开了。

曾伟力挑了个上铺。既然反正就是找一个睡觉的地方，还是上铺好，上铺没有人打扰。想着花了二十块钱就能买一个安适的地方睡觉，也是很合算的，于是倒下就想睡，突然想到刘姐说得对，还是应当把钱存起来。

路上，正好遇上那两个女“乡亲”，自然有说有笑，仿佛他们已经成了深圳人了，而深圳又遍地是黄金，就等着他们去捡一样。

存钱的时候，曾伟力选择了他们家在郑州住址的邮政编码作为密码，也算是对父母的一种思念吧。

那一天剩下的时间全部是在梦里度过的，一直梦到第二天早上。

14

早上曾伟力去了人才市场。刘姐告诉了他们人才市场的位置，并说不要坐车，走路就可以，一站半的路，有那个时间等车，溜达着就到了。

刘姐说话蛮注意方法，没有说走路可以省钱。如果说是省钱，曾伟力反而不好意思步行了。于是，曾伟力就发现，在深圳生存的人其实都很勤劳，做事情都很用心，包括刘姐，也包括昨天卖边防证给他的那个老兄。

刘姐说得对，人才市场果然离他们住的地方不远，沿泥岗路走半站，翻过天桥，再沿宝安北路的起点向南走半站多一点就到了。

还没有进入大市场，就感觉到人才的气氛了。看来所有的市场都差不多，比如菜市场，还没有进去就准能先闻到腐菜的味道。现在曾伟力看到的是以人为本的服务。第一项服务是问他要不要买文凭，学士的硕士的博士的应有尽有，清华北大中国科技大任君挑选，服务周到价格合理。曾伟力好奇，问他为什么没有大专中专的，那人眨巴了一下眼，说："价钱一样，干吗不买本科？"既然是本科，那么曾伟力就不用买了，因为他身上已经有中原工学院的本科文凭，不需要再买，但是这些人的服务态度还是给他留下了深刻的印象。

紧接着就有人拉他，拉他去大市场旁边的小市场，说他们那里的服务更好，像曾伟力这样的人才，马上就可以找到工作，并且煞有其事地说一个大公司正好需要招聘中层管理者，像曾伟力这样的条件很合适。大约是昨天那个老兄留给曾伟力的印象不错，使曾伟力对这些人产生了一点信任。但犹豫了一下，还是决定先进国家正规的大市场，至少要先走主渠道，实在不行了才走旁门左道，就好比应聘的道具——文凭，如果有真文凭，最好就不要买假文凭一样，但是他也不想对方太失望，于是收了那个人的一张名片，说以后再去，然后向国家正规的人才大市场的大门走去。

大市场的主厅在五楼。曾伟力与一大堆人一起挤上了一部工业电梯，轰隆轰隆地往上走，仿佛是上来的人太多了，电梯不堪重负，需要一边喘气一边上行。曾伟力突然想到：工业电梯是不能承载人的，这是教科书当中的明确规定，怎么深圳人才大市场要选用工业电梯呢？再仔细一观察，这人才市场本来就是一个工业厂房。用工业厂房做人才大市场，相当于把人才大市场当成人才加工厂，可见，深圳市的有关领导是有创新意识的。

上了五楼才知道，需要买票，五块钱一张，交了五块钱才能进去，否则不管你是不是人才，一律不准入内，而只要交了五块钱，谁都可以进，仿佛这里衡量人才的唯一标准就是金钱，而且只要五块钱。曾伟力突然有一种上当受骗的感觉，就像那一年去厦门玩，广播喇叭里喊着免费乘船上鼓浪屿，结果去的时候确实是免费，但是回来的时候却要收费，而且是不可能讨价还价的，因为除了极少数专门去鼓浪屿寻死的人之外，其他人总是要回来的，既然要回来，那么对不起，把来的时候票钱一起补上。现在深圳的人才大市场也一样，既然要收钱，干吗不在一楼收呢？既然已经上来了，总不能因为五块钱而又下去吧。厦门是特区，深圳也是特区，看来特区的人就是比一般地区的人头脑活。但深圳特区毕竟比厦门特区大，经济实力和知名度也大一些，所以做法也更会照顾国际惯例，于是并没有像厦门做得那么绝，不掏钱就淹死你，深圳只是给你一点小小的不方便，如果曾伟力不在乎这种不方便，现在掉头就走，也绝对不会有人出面拦住他。如此，曾伟力的买票行为就被圈定在自愿的范围以内了。

曾伟力自愿花五块钱买了一张门票，顿时感到自己已经是人才了。但是五块钱只是买了一个见识，并没有真正享受人才的待遇，因为好不容易有一家公司对曾伟力表示了兴趣，准备把他当作人才对待，让他留下电话号码，等待进一步的通知的时候，曾伟力却发现自己身上除了昨天卖边防证的那个老兄的电话号码外，再没有其他号码。总不能把那个老兄的电话号码留给招聘单位吧。

曾伟力只好往回走，因为他记得刘姐好像有一个手机，现在回去就是要跟刘姐商量，看刘姐能不能帮这个忙。

往回走的时候，曾伟力感觉路程比来的时候要远一些。

刘姐的态度比他想象的要热情，满口答应，但是要收费，理由是：只要她一接手机，电信局就要向她收费。曾伟力想不通接电话为什么要收费，假如这个电话是对方打错的呢？更极端的情况假如电信部门为了创收，专门招聘一些人乱打电话呢？

尽管想不通，但生活还要继续。

“应该，应该。”曾伟力说。说着，马上就掏出十块钱交给刘姐，算是押金。

下午再去的时候，曾伟力已经有了经验，先准备好五块钱，以便上去之后“自愿”用。

这下果然成人才了，因为他已经填写了“人才登记表”，并且在表格上写好自己在深圳的联系方式，也就是刘姐的手机号码，然后专门找他认为专业对口的招聘单位。

第一天曾伟力投出去三份资料，三个单位都说让他等通知。

第二天上午大家都出去了，曾伟力没有去，继续睡觉。刘姐买菜回来，第一件事情就是上厕所。准确地说就是解小便。由于没想到这屋里还睡了一个人，所以一边小便还一边哼着小曲，并且连厕所的门都没有关。出来系裤子的时候，才发现刚刚从床上坐起来的曾伟力。刘姐自然要吓一跳。

“你怎么不去人才市场？”刘姐问。

曾伟力显然是刚才被小曲吵醒，并没有看见刘姐蹲在厕所里面的样子，所以这时候他也没有感到难堪，反而觉得刘姐的问题奇怪。

“他们让我在家等通知呀。”曾伟力说。

曾伟力这样一说，刘姐马上就笑起来。

“你笑什么?”曾伟力问。

“笑你跟我小弟弟一样，太老实了。”

“怎么说?”曾伟力问。

刘姐笑得更加厉害了一点，说:“哪有在家等通知的呀，投出去十份资料，要是有一个通知你正式面试就不错了。”

“所以呀，”刘姐说，“起码你要投三十份表格，才有可能找到工作。”

“难怪屋子里一个人都没有呢。”曾伟力恍然大悟。

“算了，”刘姐说，“已经十点多了，上午你帮我干活吧，中午你吃饭免费。”

帮忙干活当然可以，但是吃饭还是要给钱的。曾伟力不想占刘姐的便宜，特别是这点小便宜。

曾伟力这才发现刘姐真的不简单，每天买菜，做饭，打扫卫生，隔三岔五地还要去关口“接客”，整天像一个上满发条的闹钟，转个不停。

“还是你们好呀，”刘姐说，“有文凭，将来总有出息。”

曾伟力忍了半天，还是告诉刘姐:“人才市场上有文凭卖，很便宜的。”

曾伟力这样说的时候就很紧张，生怕刘姐怀疑他的文凭也是假的。

“但我的文凭是真的。”曾伟力说。

刘姐愣了一下，接着就哈哈大笑，说她知道曾伟力的文凭是真的。

“为什么?”曾伟力问。

“能看出来，”刘姐说，“是不是大学生，一看就能看出来。”

神了，曾伟力想，怎么深圳人人都有特异功能?

曾伟力开始帮着刘姐择菜。曾伟力会择菜，以前在家的时候也经常帮着姐姐择菜。

“像我这样，”刘姐说，“买了文凭也没用。”

“为什么?”曾伟力问。

刘姐手里的活停了一下，问：“你看我像大学生吗?”

说着，还专门摆了一个姿势，就是准备照相的时候那种姿势，只不过没有那么到位罢了。

曾伟力认真地看了看，确实不像。但是他又不好这么说。

“如果换身衣服，把头重新做一下，还是像的。”曾伟力说。

刘姐这时候才想起来把脸红了一下。

“不行了，”刘姐说，“别说是买个假文凭，就是有真文凭也不行了。”

“为什么?”曾伟力问。在曾伟力看来，人才大市场招聘的是人才，而在中国的现阶段，文凭是人才的唯一标志。

“你看人才大市场里面有我这么老的吗?”刘姐问。

曾伟力想了一下，有，但是是打扫卫生的，来应聘的好像都是年轻人。

“其实你看上去还是蛮年轻的。”曾伟力说。不知道是安慰刘姐还是真这么想的。

“谢谢！”刘姐说。

刘姐这样一谢，曾伟力倒觉得刘姐真的不老了。曾伟力的大姐跟刘姐差不多大，曾伟力什么时候觉得他大姐老了？再说大学里女教师不都是三十几岁嘛，从来也没有觉得她们老呀，不但不老，反而还觉得很年轻，因为她们属于标准的“年轻教师”。

“你真的不老，一点也不老。”曾伟力说。由于说的是心里话，所以口气相当坚决，而且目光也坚定，使刘姐不得不相信自己是年轻的，至少在面前这个小伙子的眼睛里是年轻的。于是，刘姐的脸再次红了一下，不知道是感动得红还是激动得红。

下午再去人才市场的时候，曾伟力心里想着刘姐说的“三十张表格”，于是对专业不专业已经不那么计较了，只要与“工业”有关系的他都上去应聘，并且能够根据对方的要求填写自己的特长。比如有个生产电路板的工厂招聘生产主管，他马上就说陕县电机厂是专门生产电路板的，反正里面有一个“电”字，估计这些人也不一定能分得这么清楚。实践证明，曾伟力的这一招非常有效，因为第三天就有一个工厂通知他去面试，并且果然就顺利地通过了！通知他次日就去报到上班。

通知是刘姐接到的，刘姐自然要为他高兴，说他来了四天就找到了工作，应该庆贺。当天晚上，刘姐特意多炒了两个菜，曾伟力到下面小卖部提了几瓶啤酒，在屋子里吃刘姐晚饭的人都参加了庆贺。大家都很高兴，因为既然曾伟力都已经找到工作了，那么他们自己也就快了。最高兴的还是曾伟力自己。

晚饭之后，曾伟力决定看看深圳，因为到现在他看到的深圳就仅仅是关口和人才大市场，他觉得庆贺自己的最好方式不是喝啤酒，而是应该看看深圳。

曾伟力没有想到深圳这么美，晚上都这么美，美得让人无法舍弃。

大约是心情特别好的缘故，深圳的美丽在曾伟力的眼里得到了进一步的放大，放大到他几乎想一个晚上就这样欣赏深圳的夜色。

曾伟力是乘公共汽车出来看深圳的。先是一路坐到底，也就是坐到深圳火车站，然后又从火车站上了一辆去蛇口的公共汽车，一直坐到蛇口。当这辆直达蛇口的公共汽车经过世界之窗的时候，曾伟力发现深圳的美丽达到了巅峰。但是他没有下车，他坚持自己给自己定的原则，今天就是乘坐公共汽车观光。这样最省钱，也最有效率。但是他的原则也遇到了小麻烦，因为当他从蛇口回到火车站的时候，已经没有公共汽车再把他送到他住的那个地方。曾伟力想到了打的士，但是又怕被宰，想了想，感觉一定有中巴可以坐，至少可以坐到人才大市场，只要坐到人才大市场，就可以走回去了。一问，果然有中巴到人才大市场。

坐在车上的时候，曾伟力想，只要肯动脑筋，就能给自己带来很大的方便。比如现在，只要两块钱就可以一路观光地回去了，如果是打的士，不仅得二十块钱还不一定能打得到，关键是很可能跟司机闹个不愉快。

但是，他没有想到后面发生的事情把一天的喜悦冲刷得一干二净。

15

曾伟力是在准备上天桥的时候看见那一堆人的。事实上，曾伟力已经看到自己住的那栋楼了，既然已经看见那栋楼了，那么就等于看到家了，所以曾伟力当时一点也没有害怕。有什么可害怕的呢？曾伟力丝毫没有往打劫上面想。打劫其实就是土匪抢劫。在曾伟力的印象中，“土匪”是旧社会的事情，新社会没有土匪，既然没有土匪，那么当然就没有打劫的，所以曾伟力当时一点都没有害怕。

曾伟力不但没有害怕，而且还有点好奇。这么晚了，这么多人在这里是干什么的呢？由于好奇，曾伟力还故意凑上去，看看到底发生了什么事情。一凑上去，还真发现了事情，原来是抓坏人的，而且坏人不少，一大排。怎么会有这么多坏人在一起呢？曾伟力的第一个想法是见义勇为，如果警察人手不够，他打算帮忙。

“你！”一个警察说。

曾伟力觉得这个声音有点熟悉。想起来了，上大学的时候他们排过一个英语短剧，叫作《教堂钟声》，那里面一个白人警察对索比就是这么说的。不过那是在美国，美国警察对穷人就是这个态度。

“你!!”警察见曾伟力没有反应，感觉自己的威严经受了最严重的挑战，所以怒不可遏。

“干什么的?!”

曾伟力这才发现这个“你!”原来就是他自己。

“回家。”曾伟力说。

“家在哪里?!”

曾伟力说不出来了。曾伟力虽然认识住的地方，但是并不知道那个住的地方到底叫什么。

“有暂住证吗?!”

曾伟力仍然说不出话，他好像听过“暂住证”这个词，但是显然不是在一个正式的场合以一个正式的方式听来的，所以不是很熟悉。

“有证件没有?!”

曾伟力马上掏出身份证，并且还没有忘记掏出边防证，就是那个在关口买的不知是真是假的边防证，两个证件一起交给警察。

警察把身份证抓在手里面，和手里面那些“坏人”的身份证放在一起，一大沓，至于那个边防证，看也没有看，到手就撕得粉碎。

曾伟力傻了，难道深圳的警察也有特异功能，看都不看就知道我的边防证是买来的？

“又一个！”警察说。说着，把曾伟力使劲一推，就跟电影上纳粹推搡犹太人一模一样。

后来的发展证明，曾伟力的估计是正确的，不仅刚才这个警察的推搡他的动作像当年纳粹对待犹太人，就是后来他们被推搡着上了一个小货车的过程也像是从电影上下载的。

现在车子里面全是“犹太人”了，所以反而有了言论自由。有人开始骂娘，骂自己倒霉，骂警察想钱想疯了。也有人开始打手机，叫什么人什么人到什么地方来接他出去。一听就知道这人是“老犹太”。

曾伟力这时候也渐渐地弄明白是怎么回事了。简单地说，警察认为他们是“三无人员”，要收容遣送。首先他们要被拉到收容站，然后将被遣送到东莞一个叫樟木头的地方。好像就是曾伟力那天被赶下车的地方。难道这是天意？想到既然是天意，曾伟力反而倒冷静了一些。

对于收容遣送这一类的事情曾伟力还是知道一点的，但是那是对于乞丐一类的人，怎么自己也被划到这一类的人里面了？再看看周围，全部是跟他差不多的人，一个也不像乞丐，有几个好像还有点面熟，大约是在人才市场见过的，按说也应该是“人才”。警察为什么要这样对待“人才”？深圳自己没有什么大学，或者说有，但只有一个综合性大学，显然不能满足深圳作为一个大都市发展的需要，事实上，深圳的建设和发展必须依赖内地的大学培养，既然如此，内地的大学生来深圳发展是深圳本身发展的必要条件，干吗要把我们当作乞丐收容遣送呢？再说，即便是乞丐，即便要收容遣送，那么也应该是遣送回原籍，干吗要遣送到樟木头？

曾伟力问“老犹太”，“老犹太”懒得跟他解释，两眼看天，仿佛是暗示曾伟力抬头问苍天。但是，旁边一个人倒蛮热情，他向曾伟力解释：“樟木头近，遣送费用低。”

另一个不同意这个说法。

“那你说是为什么？”这个问。

“跟樟木头有劳务协议，”那个说，“送去做苦力，劳务费冲抵遣送费之后他们还能赚钱。”

“赚钱?!”曾伟力问。曾伟力马上就想起刚才有人骂警察想钱想疯了。

“你以为警察吃饱饭撑的呀？”那个说，“没有好处他们出来抓人干什么？”

曾伟力害怕了。曾伟力长这么大第一次害怕。曾伟力虽然是贫苦人家出身，但是母亲一口气生了他三个姐姐，只有他一个是宝贝，所以长这么大还真的没有受过什么委屈，即便到了陕县，尽管曾伟力嫌弃那个地方偏僻，但是那个偏僻的地方并没有嫌弃他，而且一直是把他当作人才看的，现在突然被当作了乞丐一样要收容遣送，还要送出去做苦力，能不害怕吗？

曾伟力几乎要哭了，一想到后果他就要哭了。如果他要是被遣送，那么到手的工作肯定是丢了，那么他还能进深圳里面来吗？说实话，从樟木头走到深圳，第一遍可以，第一遍满怀憧憬，所以不觉得累，第二遍还行吗？可是他的钱都存在深圳的银行里了，不进来行吗？进来之后再给抓起来怎么办？他很快就想到了父母，想到了陕县，甚至想到了老邓。他觉得老邓如果在这里一定会保护他的。

到了收容站，一个年纪大一点的警察主动对他们说："可以打电话让亲戚朋友带着钱来接你们走。"于是，这些人纷纷打电话，并且很快就真的有人被接走了。

曾伟力马上就反应过来了，既然警察抓他们的目的是为了送到樟木头赚钱，那么如果现在主动把钱给他们，当然就能重新获得自由了。

"多少钱？"他问旁边的一个。

"三百。"那人回答。

曾伟力按照刘姐的建议，钱都存在银行里了，身上只有几十块坐车的钱，明显不够。突然，他想到了刘姐，他现在只有求刘姐了。

谢天谢地，刘姐还是一个负责任的大姐，见曾伟力这么晚还没有回来，担心着，所以手机还开着。

当刘姐把他接出来的时候，曾伟力再也忍不住了，哇地哭起来。

刘姐这时候表现得非常像他的亲人，居然把曾伟力的头抱住，一边摩擦他的头皮一边安慰他不要哭。

回到住处差不多天就快要亮了。刘姐说："你上我那里吧。这时候你回去会把大家全部吵醒的。"

曾伟力没有说话，顺从地点点头，跟着刘姐更上了一层楼。

刘姐的房间非常小，小到只能放下一张床。好在这么小房间里居然还有一个更小的卫生间。看到卫生间，曾伟力马上就感觉自己快憋死了，于是顾不得害羞，赶紧钻进去。

“洗个澡吧，”刘姐在外面说，“把衣服反过来穿就可以。”

过了一会儿，刘姐敲门，说：“你要是不嫌弃，穿我的短裤也行。”

曾伟力忘记了男女有别，这时候从里面把卫生间的门打开，头伸出来，说谢谢，伸手接过刘姐手上的短裤。

从卫生间出来，曾伟力才感到困，困不可耐。

“睡吧。”刘姐说。

曾伟力懵了一下，问：“那你呢？”

“我过一会儿就要做早饭，坐一下就行了。”

曾伟力有点支撑不住，倒下去就睡了。

曾伟力梦见了德国鬼子，德国鬼子正把犹太人往集中营里面赶，像赶牲口。曾伟力又梦见自己就是那牲口，刚开始觉得很羞辱，再后来就不感到羞辱了，因为羞辱已经被恐惧所替代。曾伟力又梦见了母亲，母亲把他拥在怀里，摩擦着他的头皮，叫他不要害怕。曾伟力果然就不害怕了。不害怕之后才发现抱住他的不是母亲，而是刘姐。刘姐见他已经醒了，就温情地看着他，双手抚摩着他的脸。

“我真的不老吗？”刘姐问。问的声音非常温柔。

“真的不老，”曾伟力说，“你很善良，女人只要善良就有女人味。”

曾伟力没有讨好或安慰刘姐的意思，曾伟力真的没有觉得刘姐很老，不但没有觉得刘姐很老，而且觉得她很年轻，而且还很有女人味。前两天，曾伟力在帮着刘姐择菜的时候，无意中看见了刘姐的胸口，刘姐的胸口里面是两个硕大的乳房，并且由于乳房太大，在心口被挤成了深深的乳沟，曾伟力当时看到的就是那深深的乳沟。曾伟力认为，善良加乳沟就是女人味。

突然，刘姐掀起了自己汗衫，把两个洁白硕大的乳房毫无保留地展示在曾伟力的眼前。事实上，乳房离曾伟力的脸庞非常的近，以至于曾伟力的鼻尖几乎点在刘姐的乳头上，并且刘姐的身体具有磁性，一下子就把曾伟力吸引了过去，曾伟力整个脸庞全部埋没在刘姐那两个巨大的乳房当中。

曾伟力醒了。

这不是做梦。

曾伟力有了第一次。严格地说应该是“有了头两次”，因为第一次根本就没成，于是之后马上就有了第二次。经历了“头两次”之后，曾伟力更加清醒了，于是就一个劲儿地向刘姐道歉，说对不起，说他不是存心伤害刘姐的。

刘姐笑了。笑的幅度不是很大，但是却非常舒心，而且仿佛是久违的舒心。

“我的傻小子哎，”刘姐说，“你这哪里是伤害我哟，我高兴还来不及呢。”

说着，刘姐疯狂地亲吻曾伟力，而且几次把两个硕大的乳房捂在曾伟力的脸上，仿佛是恨不能把自己让曾伟力吃了。

曾伟力以前只知道男人和女人做这种事情是男人占了女人的便宜，女人吃了亏的，没想到刘姐还说她“高兴都来不及”，真的是长了见识。一想到自己还能给女人带来这么大的快乐，曾伟力顿时感到自己的伟大。于是，就真的“伟大”起来。

16

曾伟力决定跳槽，或者说准备重新找一份工作。为了刘姐他也要重新找工作。

曾伟力现在上班的这个工厂什么都好，就是不自由，不仅工作的时间太长，而且上班的时候连个电话也不能打。如果没有刘姐，曾伟力或许就认了，反正工厂里是包吃包住包娱乐，一天到晚以厂为家还能省钱，一个月一千五百块钱的工资差不多能够存一千三，所以至少不会马上想起来跳槽。但是为了刘姐，曾伟力必须跳槽。曾伟力不能忍受一个月只能跟刘姐见面一次的生活。

这家工厂是台湾人开的。台湾由于一些历史原因，对日本人战后经济恢复期间艰苦创业的精神不学自通，明明需要八百人才能完成的订单，他们硬是安排五百人去做，即使支付额外的加班工资，总的人工成本还是比八百人低得多，因为人工数量的增加不仅意味着工资的增加，还要增加吃喝拉撒睡的开销和相应的管理成本。于是，老板宁可支付加班费，也不愿意增加工人数量。

曾伟力所在的工厂通常是上午七点半上班，干到十一点半下班，吃过中饭之后，十二点半又上班，一直干到下午六点，吃过饭晚上七点还是加班，正常情况下是加班到十点，特殊情况下加班到十二点多的情况也不少见。曾伟力曾经担心这样加班会引起工人造反，后来发现完全不是这么回事，绝大多数工人其实是喜欢加班，加班有加班工资，不加班时间也是浪费了。至于少数不愿意这样长期加班的，完全也用不着造反，自己走人就行。

加班还只是一方面，另一方面是没有星期天。其实想想也就知道没有星期天，既然平常晚上都加班，星期天还能被老板放过？再说，星期天用电比平常高峰期便宜，老板只要用省下电费中的一部分给工人加一两个菜，工人就心满意足了。既拿到了加班费，又享受了额外的一两个菜，工人加班的时候就更加卖力了。

曾伟力下决心跳槽的另一个理由是他加班没有加班费。曾伟力是管理人员，管理人员没有加班费。来的时候就说好了，试用期每月工资一千五，包吃包住，试用期满之后工资再做调整，比如调整到每月一千八，然后每年都有调整或晋升的机会。当时曾伟力听了非常满意。曾伟力在陕县电机厂的时候，什么钱都算上，反正最后每月存不到两百块钱，现在每个月可以存差不多一千三百块钱，也就是说，干一个月等于在内地干半年，或者说干五年相当于在内地干三十年，差不多就等于干一辈子了，这样的条件还不好吗？曾伟力曾经庆幸自己一来就找了一个好工作。但是试用期还没有干完，曾伟力就发觉不是这么回事了。一天工作十几个小时，劳动量比在内地的时候大多了。曾伟力在陕县电机厂的时候，上班其实就是点卯，甚至有时候连点卯都不用，一个技术科七八个大学生，上班的主要任务一是发牢骚，二是看报纸，只有星期一的时候才由曾伟力给大家夸耀一下跟老邓在水库上游打猎的新闻，如果按实际劳动量计算，曾伟力在台湾老板这里一天的工作量可能是内地时候的十天，甚至更高，这样一算，反而吃亏了。当然，这个算法有些牵强，因为人闲着也是闲着，干点事情未必是坏事，但是，每天加那么长时间的班，至少也相当于一天顶两天吧，如果一天顶两天，那么曾伟力一个月的实际工资其实只有七百五。老板也太黑心了！跳槽。

跳槽之前，曾伟力先跟主管请了假，说去市里看姐姐。管理人员没有加班费，甚至也没有节假日，但是每个月可以休息两天。曾伟力现在已经干了一个多月了，当然可以休息两天。

其实曾伟力也没有说谎，他确实是想看他姐姐，具体地说是看他的刘姐。

曾伟力是上午十点钟赶到刘姐这里的，刘姐当时正准备做中饭，见到曾伟力马上停下手中的活，激动得脸通红。

“我还以为你不会再来了呢。”刘姐说。

曾伟力也不说话，就是笑，然后就拉刘姐上楼。刘姐半推半就，说身上全是汗，脏死了。曾伟力不管，继续拉。于是他们就上去了。不但上了楼，而且还上了身。

下午曾伟力去人才市场，正好赶上天衡公司老板石建南亲自招聘，曾伟力连问都没问就递上了资料，反正就是碰运气。没想到歪打正着，石建南在麻近水的参谋下，居然当场录用了曾伟力。

大约是裴柳莎的出走对石建南触动不小，所以石建南这时候也感觉到了人心的重要，于是给新员工的待遇比原来裴柳莎他们那一批要好一些。业务员是底薪加业务提成，工程师和技工是基本工资加工程奖金。其实当时曾伟力的职称只是助理工程师，但是石建南显然没有把助理工程师和工程师分得那么细，只要是搞技术的，大学毕业的就是工程师，没有文凭的就是技工，倒也简单，没有国营单位那么复杂。按照石建南的这个划分标准，曾伟力是工程师，基本工资一千五，麻近水是技工，基本工资涨到六百，但无论是工程师还是技工，如果做得好，据说奖金数目甚至比工资高。曾伟力这时候对“老板”已经有一定的认识，知道奖金数目不可能真的高于工资，就是有，也会像过年，把春节和元旦两个年都算上，一年也只能过一两次，但是他相信既然老板说了，多少会有一点，比如一个月几百块钱，那也好过在工厂做。关键是在公司里面做不会像工厂那样实行封闭式管理，像坐牢，一个月才能跟刘姐见上一面，连个电话都不让打，受不了。因此，曾伟力非常愉快地接受了石建南开出的条件，决定立刻跳槽。

曾伟力在回工厂办理退职手续的时候，还是遇上了麻烦。工厂主管不同意给曾伟力结算工资，并说工厂不是饭店，想来就来，想走就走，如果要走，工资没有。曾伟力据理力争，说既然在试用期之内，双方都有选择的权利，并扬言如果不给他结算工资，他就要到劳动部门告他们，告他们天天超时加班，严重违反《中华人民共和国职工劳动保护条例》等等。主管觉得事关重大，向台湾老板做了汇报。老板慑于有关法律的威严，还是同意曾伟力退职，并足额支付了他一个月的劳动所得。

拿到工资后，曾伟力很高兴，要请刘姐出去吃饭。刘姐说："你请我我也没有时间，如果我跟你出去吃饭，那么这么多人晚上吃什么？"刘姐告诉曾伟力：一天十块钱伙食其实她是有赚的。

"那也不在乎赚这一天。"曾伟力说。

"当然不在乎一天，"刘姐说，"但是只要今天我不给他们做饭，明天他们可能就不在我这里住了。"

曾伟力想了一下，说："行，那我们吃过饭出去，我再请你吃宵夜。"

吃过晚饭，他们真的出去了，但是并没有吃宵夜，而是为曾伟力买了一部手机。那时候手机还是奢侈品，很贵，曾伟力身上根本就没有那么多钱，还是刘姐出了大头。本来曾伟力是坚决不要的，但是刘姐坚持要买。

"公司不比工厂，"刘姐说，"手机不但有用，也是个门面。有了手机，老板肯定不会小瞧你。"

果然，星期一正式上班的时候，石建南一看曾伟力也有手机，马上就表示公司补助每月手机话费三百元，态度也随之谦和许多。又没有过多久，公司又添了几个大学生，曾伟力被任命为工程部经理，虽然不能说曾伟力当上经理完全是因为那部手机的缘故，但是也不能说与手机一点关系没有。在当时那个条件下，既然手机还是奢侈品，那么无论是老板还是客户，对于有手机的人肯定是要高看一眼的。

实事求是地说，曾伟力当上工程部经理，或许与他的那部手机可能还真有直接关系。

曾伟力来到天衡的时候，正赶上天衡公司高速发展的好时机。那时候深圳的房地产刚刚开始回升，并且是按照黑格尔所描述的规律做螺旋式上升，也就是说，新的回升必须要借用一些新概念，而“楼宇智能化”就是一个成本最低的新概念。但那时候专门做楼宇智能化的公司还非常少，加上前一段时间林老板为他们做的免费宣传，所以天衡公司的生意一下子就旺起来，几个工程点同时开花。于是，石建南先后又招聘了几个工程师和技工，即使每个点上只安排一个工程师，那么也需要几个工程师。石建南是带着曾伟力一起去招聘工程师和技工的，带上曾伟力的原因一是他觉得曾伟力懂行；二是曾伟力有手机，坐在那里可以撑门面。不仅人可以撑门面，手机也能撑门面。因为那时候手机不叫手机，而是叫“大哥大”。“大哥大”都来了，还不撑门面吗？既然工程师和技工多了，那么当然就要有一个头，而这些人大多数都是曾伟力直接参与招聘来的，所以这个头由曾伟力来当也是自然的。如果当初曾伟力没有手机，或许石建南就会带另外一个人去招聘，那么这个经理很可能就是另外一个人了。

曾伟力后来能当上公司副总，与他的那部手机的关系还要更直接一些。

正是因为曾伟力有手机的缘故，所以石建南出去谈业务总是喜欢带上他。刚开始，石建南带上曾伟力可能仅仅是因为他有手机，因为手下的人都有手机，也可以间接地证明公司的实力，甚至间接地证明老板的为人。后来，石建南发现带个工程师出去谈业务可能比带靓女的效果更好，靓女最多只能提高对方的思维活跃度，而工程师则能提供可信度。对于房地产开发商来说，他们往往更喜欢在头脑冷静的时候做决定，所以工程师参与销售往往起到意想不到的好效果。并且曾伟力是个聪明人，知道哪些话该他说，哪些话不该他说。有时候石建南自己不好说的话，在曾伟力说起来就非常方便。时间长了，二人终于有了默契。这时候，天衡公司的发展也到了必须要配备副总的阶段，所以曾伟力就顺利地当上了副总。

如此看来，当初刘姐出了大头帮曾伟力买的那部手机，也就是“大哥大”，在曾伟力成长的道路上还确实起到了相当大的作用，这可能是刘姐自己也没有想到的。

刘姐更没有想到的是，正因为曾伟力发展很快，所以他们之间的距离一下子拉得很大，想够都够不着了。

当曾伟力当上副总的时候，他突然思念起了杜玲，而对刘姐的感情也发生了微妙的变化。这种变化就是渐渐地真的把刘姐当作了姐姐，再去看她的时候，没有急吼吼地要上去，而是带上许多东西，并且全部都是在友谊商场买的好东西。有吃的，也有用的。当然，他们也做爱，但是没有当初那么急切那么热烈了。再后来，竟然发生曾伟力把东西丢下之后，匆匆忙忙就走了的情况。其实这些东西对刘姐根本就不实用，但是刘姐还是把它们好好保存好，夜深人静的时候，常常拿出来一遍又一遍地抚摩，就像是当初抚摩曾伟力的身体。

刘姐知道自己跟曾伟力是不可能的，所以从来就没有抱任何奢望。她甚至从来都没有主动找过曾伟力，包括不去他公司或他住的地方找他，也不主动给他打电话。但是一旦曾伟力主动来看她，她一定像小时候遇上过年一样开心。到后来，她自己都不知道跟曾伟力算作怎么样一种关系了。

曾伟力当上副总之后，也跟别的女人交往过，并且不是一般的交往，一直交往到了床上。曾伟力发现，如今时代进步相当快，十年前男女之间确定恋爱关系的标志是用语言挑明，五年前发展到用形体语言来表明，就是通过是否拥抱和接吻来证明，现在倒好，既然确定双方是谈恋爱了，那么肯定就是已经上床了，否则就不能证明双方的关系。再往下发展会怎样？是不是要等到双方有了共同的孩子才能确定？如果那样，也好，返璞归真了，只怕是到那时候又产生新的麻烦，每对夫妻都必须通过亲子鉴定才能确定了。

曾伟力在与如今的女孩交往和上床的过程中，刚开始的感觉非常好，至少比跟刘姐的感觉好。这些女孩到底年轻，娇嫩，皮肤光滑细嫩洁白，弹性十足，让曾伟力爱不舍身。但是经历多了之后，就发现还是刘姐实惠。主要表现在跟刘姐做爱的时候，刘姐总是考虑曾伟力的感受，不管曾伟力持续的时间长还是短，刘姐都一副非常满足的样子，甚至是非常感激曾伟力的样子，而这些女孩不一样，这些女孩比刘姐自私，她们总是考虑她们自己的感受，常常埋怨曾伟力。所以，这么多年来，尽管曾伟力和刘姐之间从来不谈结婚的事情，尽管他不断地与其他女孩交往，但他最后都会回到刘姐的身边。

性贴近往往心就贴近。曾伟力就把刘姐当作自己最贴心的人，甚至比自己的母亲和自己的姐姐还贴心。作为男人，曾伟力有许多心中的秘密是不能跟自己的母亲和自己的姐姐讲的，但是他可以跟刘姐讲。比如他跟杜玲那一段，他就跟刘姐讲了。刘姐说杜玲是假正经，说杜玲当然不会嫁给他，如果嫁给他，怎么回南京？但是她又不甘寂寞，所以她希望曾伟力主动，曾伟力主动了，她就会半推半就。刘姐甚至还告诉曾伟力一个关于女人的最大秘密：在条件许可的情况下，大多数女人都会半推半就，而女人的半推半就其实就是愿意。曾伟力问刘姐什么叫“条件许可”，刘姐想了想，说：“一是绝对安全，不会有其他人知道；二是场合舒适，卫生。”曾伟力又问刘姐：“铁路上也有不少大学生，杜玲真要是寂寞了，干吗舍近求远？”刘姐还是想了一想，说：“那不行。铁路上的人跟她是一个单位的，你们男人常说‘兔子不吃窝边草’，女人也一样，女人是‘不牵身边驴’，找自己一个单位的男人，那不是找麻烦吗？”

像这样的话，只有刘姐能跟曾伟力说，他妈妈不能说，姐姐更不能说，而且书上也不会说。所以，不要看刘姐受教育的程度不高，她其实是曾伟力的老师，至少是关于性方面的老师。

17

曾伟力能够得到石建南充分信任的另一个重要的原因是他从来不说老板的坏话。其实作为老板，是有很多坏话可以让部下说的，但是曾伟力从来不说。要说曾伟力这个习惯，还是在陕县养成的。曾伟力在陕县电机厂的时候，一个屁大的技术科有七八个大学生，有像老邓这样的老大学生，也有像曾伟力这样的小大学生，不管是老大学生还是小大学生，他们都认为自己怀才不遇，都有怨气，仿佛他们到陕县来本身就委屈了，就有怨气，所以，他们平常的主要工作就是发牢骚，好像发牢骚是一种时尚，不贬低一下各级领导，就显得他们自己没有水平一样。曾伟力那时候刚刚去，所以没有参与，后来准备参与了，老邓及时提醒：千万不要发厂长副厂长的牢骚。曾伟力当时非常不理解。

老邓说："厂长副厂长不一般，如果你得罪他们了，他们表面上装作不知道，见到你还是笑嘻嘻的，甚至还要说几句鼓励的话，但是一到关键时刻，比如定职称、分房子、提拔重用乃至调动工作等等，他们处处都可以为难你，而且为难得你一点脾气都没有。因为他们的这些为难基本上都在‘对你负责’的名义下完成的。”

老邓还向曾伟力暗示：有些人在我们面前把厂长副厂长臭得一个钱不值，到了厂长副厂长面前，比哈巴狗还哈巴狗，马上把你附和他说的那些话添油加醋地告诉厂长。

“真的?!”曾伟力吃惊地问。

老邓没有回答是不是真的，甚至连头都没有点一下或摇一下，而是把话岔开了。正因为如此，曾伟力才更加觉得老邓讲的话是一句顶一万句，于是，牢记在心头。

天衡公司业务开展起来之后，也有了七八个大学生，并且这些大学生与曾伟力当初在陕县电机厂时候的那些大学生一样，工作之余也喜欢发牢骚，发时局的牢骚，也发领导的牢骚，只不过这时候的“领导”不是厂长副厂长，而是老板，具体地说就是石建南。仿佛发牢骚成了中国知识分子的基本特征，不管是在边远地区的陕县，还是在改革开放前沿的深圳，只要是知识分子，只要他们成堆，就必须发牢骚，如果说这是一种时尚，那么它一定是个经久不衰的时尚。具体在天衡公司，如果一个大学生不发老板的牢骚，就可能会被同类视为异类，甚至被怀疑是老板安排的“间谍”。谁都不愿意成为异类，更不愿意成为“间谍”。因为一旦成为异类或者是“间谍”，这个人就要被孤立，甚至被敌视。谁愿意被孤立和敌视呢？特别是来深圳的人，本来就远离父母和亲人，缺少亲情，如果再被同事孤立和敌视，那么就几乎混不下去了。所以，为了能混下去，就必须变本加厉地发牢骚。

天衡公司的大学生们对石建南的牢骚是多方面的，其中最重要的一点是说石建南这个人虚伪。明明是剥削他们，却口口声声说“企业是大家的”，而且不断地给大学生们开出各种各样的空头支票，当一个空头支票没能兑现之后，马上就开出一张金额更大的空头支票，让大的希望淹没小的失望。比如一开始说要涨工资，后来一算，涨工资是牵一发而动全身的事，要涨必须都涨，但是如果全员涨工资，一年差不多一辆进口车就没有了。于是，石建南说不涨工资了，干脆搞提成，提成比涨工资实惠。等到需要兑现提成了，又出尔反尔，说提成容易制造矛盾，会造成业务部门和服务部门之间的矛盾等等。员工们自然不全是傻瓜，牢骚很大。为了平息员工的怨气，石建南又及时提出了职工持股计划，并且专门召开了职工大会，向员工们灌输新潮思想，说这年头打工永远没有出路，要想出人头地，必须当老板，而我们天衡公司就是一个专门培养老板的地方。石建南在这样说的时候，还不怕副作用，勇敢地举出裴柳莎这样本来对他极为不利的例子，说明天衡公司确实是造就过老板的。员工们当然认识裴柳莎，因为裴柳莎的天宇公司一直是他们最强劲的竞争对手，所以石建南的话自然是有说服力的。石建南见自己说话的策略起到了一定的效果，不免有点得意，于是话锋一转，说现在楼宇智能化市场已经今非昔比，裴柳莎的时代已经过去，这时候如果员工再出去自己创业风险太大，而职工持股计划是最保险的，这个计划的实质就是为职工提供内部创业的机会，让人人都成为老板。并且当场煞有其事地让曾伟力负责搞一个计划，越快越好。等曾伟力千辛万苦把计划搞出来之后，一压就是三个月，最后当然是否定，重新搞，现在已经搞了第 N 个计划了，还没有通过，所以，大学生们说石建南虚伪也不是没有道理。

牢骚之二是说石建南重女轻男，对女员工比男员工好，对漂亮的女员工尤其好。其实能够在深圳立住脚的女人基本上都是比较漂亮的，太丑的女人不敢来深圳，硬着头皮来了也没有办法长期生存下去，但是即便都是美女，也有一般的美和特别的美之分。比如刘姐就是非常一般的美，而且这个非常一般的美还需要加上善良才能得到确认，但是裴柳莎就是特别的美，特别的美是不需要附加其他条件的。具体到天衡公司，一般的美女在财务室和行政办这样的地方谋生，而特别美的美女全部都集中在业务部，主要工作就是专门出去接业务。大学生们背后议论老板重女轻男，主要就是说石建南对这批美女的特别关照，关照方式是给高额提成和报销费用。如此，在天衡公司内部，业务部的这些美女的收入其实远远高于工程部的这些大学生，大学生们发牢骚自然不可避免。

其实，石建南这样做也是从公司的发展角度考虑的。当初曾伟力他们刚来的时候，天衡公司的业务做不完，那时候公司的主要矛盾是不断增长的新业务和工程部薄弱的施工力量之间的矛盾，那时候业务部门相对来说就不如工程部门重要，而现在深圳是人都可以开一个楼宇智能化的公司，恶性竞争，业务难做了，天衡公司的主要矛盾是多余的施工力量与接不到施工任务之间的矛盾，在这种情况下，作为老板的石建南当然把主要精力放在接洽业务上，内部分配的政策当然也就要向业务部门倾斜，具体地说就是向美女们倾斜。按说如今的业务开展方式主要是靠回扣，是不是美女无所谓，谁也不会因为对方是一个美女，而白白地在生意上做出牺牲，但是具体到深圳的楼宇智能化工程，情况有点特殊，主要是深圳的房地产开发商大部分是私人老板，私人老板是不要回扣的，既然不要回扣，那么在价格相同或相近的情况下，就看个人感情，怎么在最短的时间内与对方建立良好的感情呢？美女无疑可以成为感情催化剂，要不然怎么说一日夫妻百日恩呢，这个“恩”其实就是感情。所以，对于一个以私营经济为主体的市场，企业之间的竞争除了质量和价格之外，感情的竞争也是不可忽视的一个重要方面，而在感情竞争方面，真正的美女是可以发挥不可替代作用的。所以，石建南重女轻男也是按市场经济发展的本来的规律去做，可以说，是不得已而为之。

但是大学生们不这么看，据公司里面有些大学生说，老板自己跟这些美女基本上都有一腿，难道老板自己跟美女们有一腿也是不得已而为之？这个话题比前面的话题还令人振奋，所以大学生们说起来更加眉飞色舞，活灵活现，仿佛石建南在跟美女“有一腿”的时候，这些大学生甚至是研究生当时正好就躲在床底下一样。可见，大学生们对老板的牢骚已经多少带有一点人身攻击的性质了。

这些情况曾伟力当然知道，不但知道，而且他自己有时候也参与发牢骚。曾伟力发现，只有当他自己也发牢骚的时候，他跟自己的同类最近。但是曾伟力牢记老邓当年的教诲，决不得罪顶头上司。曾伟力的顶头上司是石建南。以前曾伟力当副总的时候，石建南是总经理，当然是他的上司，现在曾伟力当上总经理了，石建南是董事长，还是他的顶头上司，所以曾伟力是绝对不会把牢骚的矛头对准石建南。

为了讨好同类，但是又不能把矛头对准老板，曾伟力就千方百计地寻找发“得体牢骚”的话题，比如时事。他的那些言论往往会引起一些同事的共鸣。如此，曾伟力就既拉近了与同事的关系，又巧妙地回避了对老板可能造成的伤害。

曾伟力知道自己与一般人的身份不一样，其他人说老板什么，老板可能不是非常气愤，但是一旦他曾伟力说了老板什么，石建南可能就非常失望，并且马上就会失去对他的信任，而离开石建南的信任，他还有什么呢？所以他必须小心谨慎，活得也不容易。

其实发牢骚也是一个习惯的问题，只要长期不发，也就习惯成自然了，比如曾伟力，现在不但不会发石建南的牢骚，而且还尽力为石建南歌功颂德，并且再肉麻的话也能说了。估计就是老邓现在在旁边，也一定会自叹不如的。

但是，凡事都有例外，现在石建南暗示他炒掉麻近水，他就真的要发牢骚了。

曾伟力要发牢骚，但是他不能当着石建南的面发，而且也不能当着天衡公司同事的面发。尽管他知道，如果他能当着同事的面发这个牢骚，他在员工中间的威信马上就会大幅度地提高，但是同时，石建南可能马上就炒掉他，就是不炒掉他，也会慢慢地冷落他。对于一个职业经理人来说，被老板慢慢地冷落和被老板炒掉没有本质区别，所不同的仅仅是一个时间问题，而曾伟力一旦被石建南炒掉，他就不是天衡公司的老总了，甚至不是天衡公司的员工了，那么，他要这个天衡公司员工中间的威信干什么？

曾伟力不至于这么糊涂。

但是牢骚总是要发的，因为这个牢骚实在是太大了一点，如果不发出来，曾伟力可能就会被憋死。为了不被憋死，曾伟力还是发了，并且是直接针对石建南发牢骚，猛发了一顿，把这几年的牢骚全部一下子发出来，大有豁出去的意思。

其实是不是豁出去也无所谓，因为曾伟力是在刘姐面前发的这顿牢骚。

18

曾伟力跟刘姐的关系差不多保持七八年了。这七八年里，曾伟力至少谈了七八个女朋友，但是他始终都没有离开过刘姐。或者说始终没有真的离开过刘姐。不是曾伟力舍不得离开刘姐，也不是刘姐缠着曾伟力，而是曾伟力跟那些女孩子的交往很难超过三个月。如此，曾伟力到现在就一直没有结婚。既然没有结婚，那么就一直没有彻底离开过刘姐。

曾伟力不是不想结婚。来深圳的时候，曾伟力二十几岁，如今，曾伟力三十几岁。哪有三十几岁男人不想结婚的道理。凡是三十几岁还没有结婚的男人或女人，必然都有他们的苦衷，只不过在大多数情况下，他们都不愿意向外界抖落这些苦衷罢了。对于曾伟力来说，至今没有结婚的主要原因是结不起婚，也就是没有钱结婚。

按说曾伟力的各方面条件都是不错的。大城市人，大学本科毕业，现在在深圳一家公司做总经理。但是就是这个条件，还是结不起婚，或者说是没钱结婚。假如曾伟力要结婚，当然不是跟刘姐结婚，而是要跟一个年轻漂亮受过大学教育的女孩子结婚，但是，如果曾伟力要跟一个这样的女孩子结婚，没有一百万是不行的。就这样，也是最一般的标准。这个最一般的标准是：买一套房子，买一辆车。就这两项，一百万。如果女孩子再提出要去欧洲旅行，再买一对钻戒，再把她的父母和兄弟姐妹接来深圳参加他们盛大的婚礼，那么，再花上个一百万也不是没有可能的。不要说曾伟力目前还没有一百万，就是他真的有了一百万，敢一下子全部花完吗？如果他一下子全部花完了，那么万一石建南哪天一不高兴把他炒掉了，或者石建南没有炒掉曾伟力，但是天衡公司自己破产了，怎么办？这种情况也不是没有可能的，事实上，深圳哪一天没有公司破产？再说即便天衡公司不会破产，并且石建南也不会炒掉曾伟力，那么曾伟力就真的能保证自己一帆风顺没有灾难吗？哪一天健康状况出现问题怎么办？这更不是没有可能的，现在他身边的麻近水不就已经遇上这个问题了吗？所以，事实情况不是曾伟力不想结婚，而真的是没有条件结婚。既然没有条件结婚，那么他就仍然和刘姐保持着来往，并且一直来往了七八年，比深圳很多对正式夫妻的婚姻寿命都长。

对于刘姐，曾伟力好像已经非常熟悉，甚至就像熟悉自己身上的一个器官一样，但是也非常的陌生，陌生得就像我们对自己身上的器官其实并不了解一样。曾伟力了解刘姐的善良，了解他在任何时候都可以从刘姐身上得到男人所希望得到的尊重与满足。曾伟力甚至熟悉刘姐身上的每个部位，熟悉他们做爱之后刘姐的满足与感激态度。曾伟力在刘姐面前不需要遮掩什么，刘姐在曾伟力面前也没有任何的遮掩。不管是身体上的，还是灵魂上的，曾伟力跟刘姐都可以毫无遮掩，这与他交往的一些女朋友完全不同。灵魂上就不用说了，曾伟力跟其他女孩子在一起几乎是一天到晚要说谎，初次见面的时候要说谎，打算分手的时候还是要说谎。初次见面的时候如果不说谎，这次见面就可能成为最后的晚餐；分手的时候如果不说谎，可能就要被敲竹杠。至于身体，也是这样，有些女孩跟曾伟力上床了，做爱了，但是对自己最隐蔽的地方还是遮遮掩掩，搞得曾伟力怀疑对方有病。但是刘姐不是这样，刘姐的身体就是曾伟力自己的身体，曾伟力可以参观刘姐身体的任何地方。所以，曾伟力虽然没有结婚，但是对于女性的了解可能超过某些结过婚的男人。但是，在另外一些方面，曾伟力对刘姐的许多事情甚至完全不了解。比如刘姐是不是结过婚，现在是离婚了还是丈夫死了，或者是丈夫坐牢了，她有孩子吗，她父母在哪里，她为什么会来深圳，她以后会有什么打算，等等，一概不知。刘姐自己没有说过，曾伟力也没有问过。假如曾伟力问，刘姐或许可能就会说，但是曾伟力没有问。既然不可能娶刘姐，问那么多有意义吗？问多了，可能只会增加内心的沉重。反正他知道刘姐是一个有女人味的女人，知道刘姐随时都可以满足他生理和心理的需要，并且在满足了之后还要对他表示十分感激，这就够了。

曾伟力有时候想，如果刘姐哪一天突然离开了现在住的地方，并且把手机的号码换了，那么，曾伟力可能就永远也找不到他的刘姐了。

好在现在刘姐还没有突然消失，于是曾伟力又趁着兴致正高，向她提出了心理需要，这个心理需要就是发牢骚。

曾伟力发了一大堆牢骚，把石建南骂成一个十恶不赦的大坏蛋，恨不能现在就一脚把石建南踢死，死了之后还要再添两脚。

刘姐看着曾伟力发牢骚，不但没有阻拦，而且还帮腔，说如今当官的没有一个是好东西，还说是为人民服务呢，不要说干好事了，只要是不干坏事的，就是最好的官了。

刘姐这样一帮腔，反而把曾伟力帮笑起来了。曾伟力发现，女人傻起来比聪明起来更可爱。

“石建南不是什么官，”曾伟力说，“是我们老板。”

曾伟力这样说的时候，就已经彻底笑起来了，不知道是因为自己多年的牢骚终于一下子全部发出来之后舒心地笑，还是听了刘姐说要石建南“为人民服务”而笑。

“那也一样，”刘姐说，“当官的就是老板，老板也就是当官的。你们老板不就是管你的官吗？”

刘姐这样说的时候表情有点愤怒，就跟曾伟力刚才在发石建南牢骚的时候一样，仿佛是曾伟力的牢骚发完了，现在轮到她了。

曾伟力听刘姐这样说，愣了一下，突然发觉刘姐比他想象的有水平，虽然掌握的知识可能不是很丰富，但是分析问题的逻辑没有问题，既然如此，不如问问她，说不定她还真有一个两全其美的好办法。

“你说我现在该怎么办？”曾伟力问。

“什么怎么办?”刘姐问。

曾伟力又愣了一下，发觉自己刚才光顾着发牢骚了，其实事情的前因后果刘姐并没有听清楚，或者是自己根本就没有说清楚。于是，曾伟力这时候又把麻近水得了尿毒症，而石建南暗示他把麻近水炒掉的事情从头至尾说了一遍。

“老板叫你炒掉，那你当然就只好炒掉。”刘姐说。

“那不行，”曾伟力说，“如果这时候我把麻近水炒掉，等于是我亲手把他杀掉。尽管是老板暗示我杀的，但毕竟是我亲手把他杀了的。”

“杀人?”刘姐说，“那不行，还是不能炒掉。”

曾伟力看着刘姐，说：“但是如果不炒掉麻近水，我自己就要被老板炒掉。即使不马上被老板炒掉，那么老板也会慢慢冷落我，等于是慢慢地被炒掉。我要是被炒掉之后，麻近水还是会被老板炒掉的，还是要死。”

“那还是不能炒。”刘姐说。

本来听见刘姐一会儿说要炒掉，一会儿又说不要炒掉，曾伟力几乎要笑了，但是又实在笑不出来。

曾伟力突然发现自己和刘姐同时掉进了一个逻辑怪圈，就像之前布什对德国人说的：要么你们站在我这一边，要么你们站在国际恐怖组织一边。当时德国人的回答是：这话你不能说，这话是我们德国人的专利，当年希特勒就对我们说过——要么你们站在犹太人一边，要么你们站在纳粹一边。具体到天衡公司，难道也像布什和希特勒说的一样，要么曾伟力炒掉麻近水，要么他自已被石建南炒掉？难道世界上真的就只有两种选择？

“能不能不炒掉麻近水，但是也不得罪老板？”刘姐问。

曾伟力正好也在想这个问题，这时候他把本来已经挪开的目光又重新移回到刘姐的脸上，愣了一会儿，慢慢地摇摇头，说不可能。

“那么能不能炒掉麻近水，但是他也不至于死？”刘姐又问。

这下曾伟力愣了更长的一段时间。

“一离开公司他就肯定要死吗？”刘姐问。

“那也不是马上就死，”曾伟力说，“按照规定公司还要再帮他交几个月的社保，只要有社保，他就可以继续做透析，就可以继续活。”

“那要是一直保留他的社保呢？”刘姐问。

曾伟力注视着刘姐，并且眼睛渐渐发亮。

“对呀，”曾伟力突然叫起来，“我可以继续保留他的社保呀。继续保留他的社保差不多每个月只要支付两百块钱，大不了这个钱我出了。”

“我出吧。”刘姐说。

“我出。”曾伟力说。

那一刻，曾伟力发现刘姐其实非常聪明，自己愁得要命的事情，在她这里居然变得只有两百块钱这么简单了。两百块钱的问题还是问题吗？曾伟力虽然并不富有，但是并不富有也是有层次的，像曾伟力这样，现在缺的是能够在深圳买房子买车子娶老婆的大钱，而不是每月两百块帮麻近水买社保的小钱，况且，曾伟力想，刘姐与麻近水素不相识，都愿意掏这两百块钱，我是麻近水招进天衡的，又在一起同事了七八年，难道就不能掏这两百块钱吗？不但可以掏这两百块钱，而且还可以掏两万块钱，干脆掏两万块钱让麻近水做一个换肾手术。其实只要有社保，花两三万块钱就能做换肾手术了，麻近水自己多少肯定也存了一些钱，如果自己掏两万块钱，那么就等于救他一命了。花两万块钱就可以救人一命，值！

19

麻近水现在差不多都快成医生了。自从得了这么个怪病之后，他就买了许多关于医学方面的书来看，而且看得很认真，可能比医学院的学生还认真。通过学习，麻近水对自己的病情有所了解，了解了自己病情的严重性，也了解到病情的可治性。所以他基本上还是乐观的，毕竟，这里是深圳，毕竟，他有社保，只要咬咬牙，难关还是能渡过去的，而如果是在老家的乡下，肯定没有救了。这么想着，他就觉得有点庆幸，庆幸自己来到了深圳，庆幸自己进了天衡公司，庆幸自己摊上了石建南这样一个讲人情味的好老板。

麻近水认为自己是幸运的，虽然他的户口还在老家，还在老家的乡下，但是他有幸进了天衡公司，并且天衡公司还为他办理了社会保险，使他在享受医疗保障等方面与真正的城里人基本上没有多大的区别，否则，他真的已经死了。这里面，当然有他自己个人的因素，包括他高考分数其实比曾伟力和石建南还高的文化基础，包括刻苦钻研技术努力，包括吃苦耐劳，包括从来不跟老板讲条件，干着工程师的活，拿的是工人的工资，还包括他跟同事们相处从来都甘愿吃亏等等，但是，如果没有天衡公司这个好的平台，没有石建南这样一个开明的老板，他是不可能成为享受跟城里人差不多的待遇。所以，麻近水非常感激天衡公司，非常感激石建南。

麻近水现在担心的主要是两件事情，一是他没有钱换肾，二是他怕因为自己的健康状况而耽误公司的工作。

关于钱的事情，他也已经打听清楚了，要想彻底治好病，必须换肾，而换一个肾需要二三十万元人民币。麻近水有社保，所以摊到他个人头上，大约需要两三万块钱。按说两三万块钱在深圳不是什么大数目，但是麻近水工资低，这么多年来其实没有存什么钱，最近公司效益不好，除了工资之外，几乎没有什么奖金。加上自生病以来，花钱像流水，很快就把这些年的积蓄花得差不多了，现在在享受社保的前提下，做透析还勉强可以维持，要是想换肾，实在是不可能的。

麻近水也想到了父母，但是他实在不能向父母伸手，一方面父母现在自己的生活也非常困难，改革开放二十年了，头十年农村农民的生活确实是每年都有提高，但是这后十年基本上就是原地踏步，土地没有增加，农产品的价格基本维持稳定，但是农业生产资料的价格却逐年增加，农业税费也逐年看涨，他们村有手艺的人家甚至干脆把田撂荒了。麻近水的父亲没有什么手艺，在城里也没有什么关系，只好守家里的那两亩三分田，加上养猪养鸡自己种蔬菜，勉强糊口吧，根本不会有成千上万的闲钱放在家里。本来麻近水还有一个美好的愿望，就是慢慢攒钱，攒到能买得起一个房子了，就把父母从乡下接到深圳来，一来可以让父母享享清福，二来也给父母挣点面子，现在一生病，连这个美好的愿望都不敢想了。

其实说到享清福是假话，父母在农村生活一辈子了，真的到深圳来还未必习惯，但是说到挣面子倒是真话。乡下跟深圳不一样，深圳人即使门对门也完全不认识，而乡下人乡里乡亲几辈子的老底都清楚，所以乡下人其实比深圳人还要讲面子。麻近水的父母年轻的时候在村里是有面子的。那时候父母响应政府的号召，只生一个好，就麻近水一个独宝，并且这个独宝还蛮争气，小学毕业考上初中，初中毕业又考上县里高中，高中毕业后虽然没有考上大学，但到底是读过书的，所以很快就去了广东，在乡亲们看起来，麻近水是有出息的，只要麻近水有出息，父母就有面子。但是自从麻近水到了广东之后，麻近水父母的面子就像膝盖腿上面的布，越磨越薄，最后终于磨出了窟窿，搞得一点面子也没有了。

父母最先感到没面子是麻近水刚去广东那会儿。那会儿他们麻家是村里老少爷们关注的中心。麻家这边一共两房，大房的两个女儿去了广东，二房的一个儿子也去了广东。那时候，“广东”几乎就是金钱的代名词。也真是金钱的代名词，因为大房的两个闺女三天两头往家里寄钱，特别是翠花跟着腊梅去了之后，两姐妹不是每个月往家里面寄钱，而是每个星期都往家里面寄钱，最多的一次是一个星期寄了五千！把全村的男女老少眼都寄红了。

相比之下，麻近水每年才往家里面寄一两次，每次只有几百块钱，让父母怎么能有面子？后来，村里人去广东那边的多了，对腊梅和翠花在广东那边到底是赚的什么钱也多少能猜出个八九不离十，甚至还有人背后对大婶指指点点，但是，传统的道德伦理在花花绿绿的票子面前到底不是那么固若金汤，村民们说归说，指指点点归指指点点，但是一旦腊梅和翠花光彩照人地出现在村里的时候，乡亲们马上又主动凑上去，像是见到了刘晓庆，恨不能让她们签名。不管怎么说，挣到的票子是真的，要不然他们家的楼也不会在全村最高，甚至比村长家的楼还要高。要不然腊梅和翠花每年回来的时候也不会家家都有礼，而且一户不漏。再说村里面去广东的女孩那么多，谁不想挣钱？不管是什么钱，挣到手就不容易。所以，后来乡亲们也都见怪不怪了，并且反而羡慕起大伯家。最能说明乡亲们思想转变的，莫过于去年村级选举的时候，大伯居然被民主选举为村主任。乡亲们普遍认为，大伯家富裕，什么都有了，所以当上村主任后就是要捞，肯定也会捞得少一点。用山里坪老乡的话讲，选一个饱狼当村主任总比选一个饿狼强。所以，大家就选麻近水的大伯当了村主任。如此，堂姐和堂妹来广东后，给大伯和大婶带来的就不仅是金钱，还包括荣誉，甚至包括社会地位。麻家在村里是小姓，如果不是腊梅和翠花年年挨家送礼，如果不是大伯家那么高的楼，乡亲们是绝对不会选大伯当村主任的。

与堂姐和堂妹一比，麻近水什么也没有给父母带来，就是麻近水只是逢年过节的时候象征性地寄回家的几百元，每次麻近水回去的时候，妈妈拿到手后，第一件事情就是在村里到处展览，逢人便说，等到全村老小基本上都知道麻近水从深圳给他们寄钱来了之后，母亲又凑个整，以麻近水的名字存在信用社里，等麻近水回来的时候，原封不动还加上利息一起还给麻近水，让他带在路上用，并且一个劲儿地说他们有钱，根本不需要钱等等。但是家里那低矮的房子，远远看上去就像是大伯家的猪圈，麻近水心里是什么都明白的。所以，麻近水现在无论如何是不会向父母伸手的，不要说父母实在没有钱，就是有钱，麻近水也开不了这个口。

关于工作的事情，麻近水也有点担心。麻近水虽然只是个技工，但是毕竟在公司干了七八年了，对业务上的事情也多少知道一点。一方面，现在楼宇智能化已经有很大发展，再也不是那种安装一个可视对讲机系统就能贴上“智能化”标签的时代了，如今的楼宇智能化还包含了会议系统、网络系统、停车自动收费系统、消防系统、安全防盗系统和远程控制系统等全部的弱电系统，绝对不是一个熟练电工就能搞掂的。另一方面，设备供应商的服务相当完善，只要选用了他们的设备，供应商就要负责安装和调试，这样，任何一个做系统集成的公司其实都可以承接楼宇智能化工程，从而导致报价混乱，除了少数几个真正投入研究开发的大公司外，一般的专业公司反而没有多少优势了。因此，天衡公司的生意已经大不如以前，去年的裁员就是一个例子。在这种情况下，如果自己的身体再出现问题，不能很好地工作，那么不是很对不起公司吗？

麻近水甚至想到了要自觉离开公司，不给公司添麻烦了。想了，但是没有这么做，因为他不知道离开公司后自己去哪里。回家？在社会上流浪？无论是回家还是在社会上流浪，都是死路一条。一想到死，麻近水马上就想到父母，还想到了堂姐。想到父母，他就觉得他对不起父母，从生下来的第一天起就一直向父母索取，从来没有给过父母一点点回报，如果现在死了，那么就意味着永远不能给父母任何回报了。不但不能给父母任何回报，而且还要让父母伤心，伤心至极。如果那样，自己不是更加对不起父母了吗？麻近水甚至突然之间产生了一个奇怪的问题：父母养子女到底图什么？难道真的是养儿防老？好像不是，不要说自己的父母养他没有办法防老了，就是城市这些有钱的人，他们养儿女是为了防老吗？如果是为了防老，那么有钱的大老板根本就不存在防老的问题，为什么还要生儿育女？或许人生儿育女是出于人类繁衍的本性？人类那么多的本性都已经退化了，为什么单单保留了这个本性？解释不通。但是有一点麻近水是通的，那就是为了不让父母太伤心，为了有朝一日能把父母接到深圳来，哪怕不是来享清福的，就是来玩一玩，他也不能现在就死。

至于想到堂姐，麻近水心情是复杂的。一方面，堂姐等于是他的姐姐；另一方面，堂姐又是他心中唯一的女人，尽管他知道无论是从法律上还是从道德上，他跟堂姐是绝对不可能的，但是一想到堂姐，他还是有种莫名其妙的紧张和激动。他知道这样不好，不道德，为此，他常常怀着一种赎罪的心情来生活。天衡公司的人都知道麻近水憨厚，都知道麻近水愿意吃亏，这里面除了麻近水牢记父亲的教诲“做人要舍得吃亏”之外，与他长期带着赎罪的心情有一定的关系。

麻近水对堂姐的复杂心情不仅来自于他对堂姐的暗恋，还来自于他清楚地知道堂姐是做什么的。因此麻近水对堂姐可以说是既爱又恨，而且是有爱不能说，有恨也不能说。强烈的爱和强烈的恨交织在一起，并且同时存在一个密封罐里面，这其中的滋味恐怕只有麻近水自己才能说得清楚，甚至连他自己也说不清楚。

说句不够孝顺的话，麻近水想堂姐的时候比想父母的时候多。麻近水是经常想父母，但是却天天想堂姐。就是白天干活的时候不想，到了晚上洗澡的时候肯定要想，而且想着想着就伴以动作，好像真的跟堂姐做了什么一样。麻近水不知道男人为什么一定要想女人，而且那么想。麻近水已经三十多岁了，可以说大约有一半的年月是在想女人中度过的，但是到现在还没有跟任何一个女人真正做过这种事情。除了十年前在广州的时候不小心隔着短裤碰到堂姐的大腿之外，再也没有实际接触过其他女人。谈恋爱就不用说了，像麻近水这样的情况，公司里面哪个女孩能跟他谈恋爱？不要说没有，就是有，麻近水自己也不敢。至于在外面找小姐这样的事情，麻近水确实也想过，而且经常想，但是一来没有这个胆量，二来也没有那个经济实力，所以想了也就想了，真做是不可能的。麻近水经常从报纸和电视上看到公安扫黄这样的新闻，感觉到处都是黄，但是就是到处都是黄，麻近水也不敢黄。麻近水知道自己的身份，一个没有任何背景和学历的农村青年，能够进深圳已经相当不容易了，能够在深圳找到一个稳定的工作更加难得，要是被扫黄扫出深圳，后果不堪设想。麻近水是不敢冒这么大风险的，所以只能把自己对女人的全部渴望集中在对堂姐的思念上。

麻近水思念堂姐，甚至做梦都想着堂姐，但是他却躲着堂姐。为了躲着堂姐，头几年麻近水借口工作忙，过年的时候不回老家。后来老是不回去也不是个办法，于是就尽量避免春节的时候回去，因为只要避开春节的时候回去，就能避免跟堂姐碰面。但是还是有两次实在没有躲过去，还是跟堂姐碰上了。一碰上堂姐，麻近水就心跳加速，满脸通红，搞得堂姐都不好意思。堂姐以为麻近水是想到她的职业了。最后一次，也就是去年，为了躲避堂姐，麻近水专门挑了一个非节非假的日子回去，谁知正好赶上堂姐回来迁户口，不但碰上了，而且由于非节非假，堂姐不像春节回来时候应酬那么多，所以还专门跟麻近水单独交谈了一下。堂姐告诉麻近水，她现在不出去做事了，有老公养着。堂姐差点就要说“不出去坐台”了。

“那好，”麻近水说，“那好。”

不知道怎么，心跳当场好了不少，脸也不像那么红了。难道是麻近水真的已经彻底成熟了，还是得知堂姐有一个好的归宿而释然了？

堂姐还给了麻近水一个电话号码，告诉他她现在也在深圳，在深圳关外，并说之所以买关外的房子是因为能落深圳户口。还说麻近水回深圳之后可以找她等等。

麻近水当时非常高兴，到了晚上这种高兴劲还没有过去，问母亲：“堂姐夫长得什么样？”

按照乡下的规矩，堂姐既然嫁人了，那么堂姐夫是一定要到这边来认亲的，包括认麻近水家这门亲。所以麻近水这时候这样问母亲是没有错的。但是母亲却睁着大眼愣半天，反问麻近水：“腊梅嫁人了？”麻近水听母亲这样问，马上就明白了，明白深圳女人嘴里的“老公”不一定是“丈夫”，还可以是自己的男朋友，或者确实是“丈夫”，但是别人的丈夫，而不是她自己的丈夫。如此，麻近水想，难道堂姐在深圳做“二奶”？这么一想，就赶紧把话岔开，生怕母亲继续追问堂姐“嫁人”的事情。

回到深圳后，麻近水当然没有去找堂姐。既然堂姐不是正式嫁人，而是当“二奶”，那么，麻近水当然就不想去找堂姐。

不想找，但是还是照样想，并且还多了一份牵挂，仿佛既然知道堂姐跟自己就在一个城市，那么就应该牵挂一样。

麻近水甚至迷信起来，想着要看缘分，假如哪一天在什么地方正好碰见堂姐了，那么就不管她是“大奶”还是“二奶”，麻近水就一定认她这个堂姐，并且一定要请堂姐吃饭。这么想了之后，麻近水就果真经常见到某个女人很像自己的堂姐。有一次在华强北，麻近水隔着马路明明看见堂姐了，追上去一喊，才知道认错人了。还有时候明明知道某个女人不可能是堂姐，但也还是越看越像。比如有一次市里召开民营科技企业表彰大会，主席台上的一个女人就很像堂姐，麻近水明明知道作为“二奶”的堂姐是不可能出现在这个场合，更不可能出现在只有市领导或优秀企业家才能入座的主席台上，但是还是不甘心，硬是假借上厕所的名义，特意绕到主席台旁边，来证明自己的判断错误。

现在麻近水突然想，要是自己离开天衡公司了，唯一可能给予他帮助的，可能还就是这个堂姐了。

20

麻近水猜得没有错，他堂姐确实是“二奶”。就这，也还是她争取来的。

不错，大伯家现在是村里的富户，而且是最富的户，正因为如此，所以大伯还被乡亲一致推举为村主任。但是，以前不是，以前大伯家是贫困户。准确地说，在堂姐下广州挣钱之前，大伯家是村里的贫困户。贫困户也就是头疼户，甚至是钉子户。每次遇上缴农业税或收提留款的时候，村干部就头疼，就要碰钉子。其实这也不是大伯或大婶的头难剃，更不是大伯或大婶头上长钉子，恰恰相反，主要是他们头上根本就没有毛，没法剃。在乡村工作过的干部都知道，一旦遇上收农业税或提留款或各种摊派，他们不怕头上长钉的，就是怕头上什么都不长的。头上长钉子干部不怕，大不了就费点劲把钉子拔掉就是。在山里坪，“拔钉子”就是上房掀瓦的意思。再厉害的钉子户，只要乡里来人上房掀瓦，立刻就软了。但是，遇上头上没有毛的就很麻烦。比如像麻近水的大伯家，当初搞单干的时候，与麻近水家一样，承包了二亩三分地，并且说好了五十年不变，生不添死不减，因为地是不可再生的，村里不会“生产”地，怎么添？至于死不减，一方面有死的就有生的，而且往往是生的多死的少，基本上不存在减的问题；另一方面，如果减了，那么减下的地分给谁？分给谁都摆不平。所以，干脆生不添死不减，既可以保持政策的连续性，鼓励农民在地里多投入，又便于基层干部实际操作，也算是实事求是吧。刚开始，大伯家和麻近水家的生活状况是一样的，但是后来不一样了。后来大婶生了堂姐麻腊梅，而麻近水的母亲生了麻近水，于是，大房和二房家生活状况就逐渐发生了变化。主要是大婶生了堂姐之后，感觉革命尚未成功，自己仍须努力，努力的方式是继续生，不生一个像麻近水一样带把子的绝不罢休，于是，又一口气生了两个小堂妹。同样还是那二亩三分地，三个人吃饭和五个人吃饭能一样吗？况且，养人毕竟不同于养猪，并非只有吃饱那么简单，加上那时候计划生育国策已经落实到山里坪，各种处罚措施相继出台，乡里来人真的上过大伯家的房。虽然并没有掀瓦，主要是大伯家的房顶上根本就没有瓦，但是茅草还是掀了几回。既然连茅草都不放过，那么值钱的家具或者是家用电器自然是根本没有，如果有，乡里来人还用得着上房掀茅草吗？

大婶生了小堂弟后，才算是出人头地了。不但出人头地，而且扬眉吐气，有一种革命成功的感觉。但是，扬眉吐气之后，一个更大的问题摆在面前，这次不是乡里来人掀茅草，而是他们自己要活命的问题。本来一家五口靠着二亩三分地就勉强活命，搞得腊梅和春花几乎没怎么上过学，现在又添一个小堂弟，而且是一个不忍心让他遭受三个姐姐同样命运的小堂弟，如此，大伯一家人的生活就不是一般的贫困了。说实话，乡里连掀茅草的兴趣都没有了。实在不忍心掀，掀了也达不到目的。用山里坪的土话说，这叫作皮糠里面榨不出油，干脆不用费那个劲榨了。

乡里是不来掀茅草了，但是大伯一家人还要吃饭。就是大伯大婶不吃饭，堂姐堂妹还要吃饭。即便堂姐堂妹也不吃饭，小堂弟是肯定要吃饭的。大伯大婶宁可把自己饿死，也不能让小堂弟受委屈。事实上，那时候大伯一家人的工作中心非常明确，就是让小堂弟活下来，而且活得好好的，最好将来还能上学，不但要上小学，而且还要像麻近水那样上中学，甚至还要上大学。但是，这一切都取决于一个字——钱。有钱的人当然可以把钱不当钱，骂钱是王八蛋，说自己穷得就只剩下钱了，等等，但是，对于没有钱的人来说，钱就是亲爹，甚至比亲爹还亲。说实话，当初谁要是给他钱，让大伯给人家当孙子都干，不要说当儿子了。事实上，大伯就真的给人家当过孙子，准确地说是给城里一个血头当过孙子，因为这个血头曾帮助大伯到城里卖过两次血，感动得大伯几乎给血头磕头，认他做爷。然而，即便是磕头，即便血头真的是他爷，卖血的机会也不是天天有的。再说，身体毕竟不是水塔，人血也不是自来水，大伯是不能天天卖血的，所以，问题还是没有解决。

物极必反。天无绝人之路。正当大伯一家感到绝望的时候，机会来了。

大伯家的机会是大婶娘家那边提供的。大婶娘家是山外的。山外到底比山里坪信息灵，知道广东那边已经开放了。所谓开放，在乡下人看来，就是乡下人也可以进城当工人了。这可是天大的好事情。大婶娘家村里有个瘌痢头，讨不到老婆，憋得难受，“大跃进”那年因为偷看他嫂子洗澡，被人发现，在村里混不下去了，跑到水口山做工，做着做着，后来真的就成了吃商品粮的矿工了，每年春节回村的时候，瘌痢头穿着到膝盖的胶皮靴，跟电影上苏联红军的将军一样，随便往哪家一坐，顿时蓬荜生辉，自然成了座上客。那威风，比乡干部还干部，快四十了还娶了一个大姑娘。闹得整个村子的老爷们儿个个后悔当初没有偷看自己的嫂子洗澡，没有跑到水口山背石头。所以，大婶娘家村里人都知道进城当工人有奔头，于是，很多人都跑到广州争取当工人去了，哪怕是临时的工人，说不定做着做着就成了当年的瘌痢头。消息传到山里坪，大婶立刻就赶回娘家，并且攀上一个拐弯的表姨，求她帮着把腊梅也带到城里做事。

“随便做什么事也比窝在山里坪强。起码能省一张口吧。”大婶说。

如此，麻近水的堂姐麻腊梅就跟着一个说不上隔几代的表姐去了广州。

腊梅去广州之后，果然就当了工人，准确地说是在新塘一家服装厂当工人，专门锁扣眼。这是一家生产出口西装的服装厂，扣眼不是机器打的，而是手工锁的。腊梅虽然小学没有毕业，但针线活还是会做的，像纳鞋底、锁扣眼甚至绲个圆口这样的针线活，从小就会，所以，虽然进工厂的时候是假冒的“初中生”，但是具体到锁扣眼这个活，做得一点也不比真正的初中生差。不但不比她们差，甚至做得比她们好。主要表现是针线密，线头紧，而且针脚均匀。负责 QC 的香港师傅王姑娘还拿着腊梅锁的扣眼当船头版，向客户代表展示其公司实力，也要求其他锁扣眼的女工以麻腊梅锁的扣眼为标准。如此，麻腊梅不久就当了手作组组长。那时候麻腊梅还没有赚到大钱，那时候她还没有给村里的乡亲挨家送礼，那时候她家还没有砌楼房，所以，那时候麻近水的大伯还没有被村民选为村主任，如此，麻腊梅的这个组长其实就是他们麻家自古以来所当过的最大的“官”了。但是，正是这个“官”，最终把她引向了歌舞厅。

麻腊梅当了组长后，原来的那个组长不干了。原来的那个组长是个湖南妹，姓金，叫金贵枝，人比较灵光，也蛮漂亮。金贵枝临走的时候说：“其实我早就不想做了。一天干十几个小时，撒泡尿的工夫都没有，五个手指当中三个磨起泡，成天疼得钻心，还挣不了几个钱，不做了。”

金贵枝说的是实话，她们确实每天干十几个小时的活，确实是上厕所都要领牌子，而且每天只能领三次牌。平常还好，忍一忍也能忍过去，但是一遇上每月不方便的那几天，就比较麻烦，主要是那种不方便不是她们想忍就能忍住的，于是，每当遇到那几天的情况，她们就要向别人借牌。但是，别人也是人，也是每天只有三个牌，自己用已经够紧张的了，哪里还有多余的施舍你？所以，这针线活看起来轻松，做起来并不比农活好受。麻腊梅想，难怪这活城里人不做，专门让给她们乡下人做呢。但是，麻腊梅又想，每月四百块钱的工钱不能算少了，吃住工厂包了，麻腊梅节省一点，一个月可以往家里寄三百块，比他们家一年油盐酱醋针头线脑的钱还多。所以，尽管不好受，尽管手指钻心地疼，尽管每天要憋尿，尽管月头就要惦记月尾的“麻烦”，但麻腊梅还是非常珍惜这个工作。不是珍惜组长这个“官”，而是珍惜每月这四百块钱。直到有一天，麻腊梅再见到金贵枝，才动了不做的念头。

腊梅再见到金贵枝的时候是一个难得的休息天。老组长金贵枝显然与原来的部下有联系，所以，她知道这天是休息天，早早地就赶回新塘，来请麻腊梅她们。准确地说，是请她以前的部下。金贵枝不知道是不是有意想扳回面子，如果是，那么她肯定达到目的了。

金贵枝是自己带着小轿车回新塘的。在麻腊梅的记忆中，好像只有县长才有小轿车，难道老组长离开新塘之后当县长了？

金贵枝一车把几个小姐妹拉到广州市，进了一家豪华大饭店，中午吃的全部都是麻腊梅叫不出名字的菜。严格地说那不能叫“菜”，因为“菜”有草字头，而她们吃的那些东西没有草字头，全部都是动物，各种各样的动物。在结账的时候，金贵枝没有给钱，而是拿出一张卡片，然后又在一张单子上写上自己的名字，就行了。给麻腊梅的感觉，才短短的个把月，金贵枝已经比县长还有派头了，因为即便腊梅他们家乡的县长现在来广州，估计吃了各种动物之后，也还是要付钱的，而不是凭一张小卡片在一张单子上写上自己的名字就行了。所以，当时麻腊梅和另外几个小姐妹一样，非常疑惑，非常震惊，非常羡慕。

“你们不要再回那个鬼地方了，”金贵枝说，“跟着我，每天吃香的喝辣的，白天睡大觉，晚上看演出或唱卡拉 OK，再也不会一天到晚憋着尿，一天挣的钱比你们一个月挣的都多。”

“多少?”腊梅不相信自己的耳朵。

金贵枝停顿了一下，挨个看看她们几个，然后，正眼直视着麻腊梅，一字一句地说：“只要你愿意，一天一千块都可以。”

尽管金贵枝说得认真，但麻腊梅不信，打死她也不信。不是不信自己的耳朵，而是不信金贵枝的话。但是，看看金贵枝的做派，也不能完全不信。

不管她信还是不信，反正旁边的一个小姐妹已经决定不回新塘了，或者说是先回去辞职，再回广州来，来广州跟金贵枝吃香的喝辣的，一天挣一个月的钱。

金贵枝不勉强，临分手的时候，留给麻腊梅一个传呼机号码，说如果麻腊梅想通了，随时来找她。

事隔不久，麻腊梅就想通了。

导致麻腊梅这么快就想通的原因有两个。一个是到了月底，也仅仅是到了月底，麻腊梅通过金贵枝留下的传呼机联系到上次辞职的那个小姐妹，叫她回来领工资，小姐妹却说不要了，说那么一点点钱，跑回去领不合算。如此，麻腊梅相信，金贵枝的话基本上是真的。另一个原因是家里传来消息，说她每月省吃俭用寄回去的三百块钱根本不抵用，因为他们家欠了很多债，以前他们家实在没有钱，欠了也就欠了，现在，谁都知道麻腊梅下广州发大财了，开始往家里寄钱了，于是，以前欠的债就不能不还了。如此，寄回去的三百块钱还不够还债的，哪里能改善家里的生活？再说，除了欠债之外，他们家还欠罚款和农业税，欠提留款。以前村里乡里看他们家是皮糠里实在榨不出油，所以也没来找他们家麻烦，现在一看腊梅从广州往家里寄钱了，就找上门来了。如此，虽然说这几个月麻腊梅每个月都往家里寄钱，但事实上反而给家里制造了更大的麻烦。

麻腊梅想通了。要想彻底改变家里的处境，就一定要赚大钱，像金贵枝那样赚大钱，或者像上次辞职的那个小姐妹那样赚大钱。只有赚了大钱，才能帮助家里偿还欠乡亲们的债，才能偿还村里乡里的罚款和欠款。只有把欠债和欠罚款加欠款全部都偿还了，她寄回家的钱才能真正用于改善他们家的生活状况。比如把那个已经被掀过几次的茅草屋翻盖成瓦屋，比如能让弟弟吃上城里小孩才能吃到的亨氏米粉，比如能让弟弟将来上学，上小学，上中学，上大学。而这一切，靠眼下锁扣眼每月累死憋死挣的几百块钱是无论如何也达不到的。所以，唯一的出路就是走金贵枝和小姐妹的路，从工厂辞职，去过白天睡大觉晚上看表演或唱卡拉 OK 的日子。

这里还要说明一下，麻腊梅知道那是一种什么日子，毕竟来广东已经快半年了，毕竟听也听说过一些，所以，她知道一天挣一个月工资的工作绝对不会仅仅是看表演和唱卡拉 OK 这么简单。知道，但还是要选择去，这绝不是“明知故犯”这么简单，而是一种牺牲精神，一种“牺牲我一个拯救我全家”的献身精神。这种精神也不是到广州之后才有的，而是从小就有，从小她就盼望自己能有一个小弟弟，并且早就想着一旦有了小弟弟，那么她，甚至包括她两个妹妹，随时都要准备为这个小弟弟献出自己的一切。所以，关于麻腊梅最终走上这条路，我们不能说是金贵枝把她拖下水的，而是她自己的选择，甚至是她在来广州之前就已经做好的选择，是命中注定的。

21

麻腊梅离开新塘的服装厂来到广州的歌舞厅之后，才知道什么是真正的生活。准确地说，才知道什么是城里人的生活。

金贵枝现在的职务是公关副理，就是歌舞厅公关部副经理的意思，通俗的叫法就是“妈咪”。名字也改了。原来叫金贵枝，现在叫金丽丽，仿佛她不是一般的美丽，而是美丽的平方，所以要用两个丽。不仅好听，而且洋气，因为乡下人是起不出这个名字的。其实这也是歌舞厅的规矩，不管是做小姐还是做妈咪，全部都要重新起一个名字。一是为了叫起来好听，比如金丽丽就比金贵枝好听；二是为了保密，毕竟做这种事情跟做贼比较接近，哪有做贼的报真名实姓的？入行随俗，麻腊梅到歌舞厅做小姐之后，金丽丽也为她起了一个新名字，就是麻近水第一次来广州的那天听同乡称他堂姐的那个名字——一个听起来像外国人的名字——玛利亚。仔细推敲，也是姓基本保持不变，可见，公关副理金丽丽为手下的小姐取名字还是有一定水准的。

大约是事先有思想准备的缘故，所以麻腊梅，不，现在应该称玛利亚，做起来很快上手。按照一般的惯例，没有性经验的女孩第一次从事歌舞厅小姐工作，从简单的坐台到出钟，往往要经过一到三个月的时间，个别特别古板的，经过半年甚至一年也是有可能的，但是，玛利亚这个过程只用了一个礼拜。

上班第一天，妈咪金丽丽就把她介绍给一个做汽车配件生意的老板。老板姓钱，据说钱老板很有钱，因为当时进口汽车的赋税差不多百分之三百，但汽车配件的进口关税不到百分之一百，所以，钱老板名义上是做配件生意，其实是以配件的方式进口汽车，比如把一辆好好的汽车拆散，作为配件进口之后再重新装起来，如此，利润空间就很大，他就很有钱。由于钱赚得容易，所以钱老板出手也就比较大方，至少在歌舞厅玩女孩子的时候出手很大方。这个出手大方的钱老板有一个嗜好，就是喜欢“开苞”。所谓“开苞”，当然是花蕾开放的意思，但是在歌舞厅，这个原本的意思已经做了适当的延伸，从植物花蕾的开放延伸到人的花蕾开放。直白一点说，就是让从来没有过性经验的女孩首次尝试性生活。有人说如今未开苞的女孩非常少，少到必须到幼儿园里去找，这话显然是太夸张了，至少用在麻腊梅首次坐台的那个时代太夸张了。事实上，当时作为歌舞厅妈咪的金丽丽就为钱老板介绍过好几个未开苞的女孩让他开苞，但是她们中没有一个是幼儿园的，而全部是与玛利亚一样，是来自乡下的打工妹。不用说，钱老板每次都没少给金丽丽介绍费。据说金丽丽那次专门回新塘接包括麻腊梅在内的几个女孩来广州吃饭，并不仅仅是为了挣回面子，或者说主要还不是为了挣回面子，而是出于商业目的。具体地说，她就是选择几个长得比较漂亮的并且估计还没有开苞过的女孩跟她做小姐，同时介绍给钱老板这样的人“开苞”。这话是真是假已经没有办法去考证，但是有一条是可以证实的，那就是麻腊梅——应该说是玛利亚到歌舞厅上班的第一天，金丽丽就把她介绍给了钱老板。

“上岗”之前，金丽丽已经做了玛利亚的思想工作，告诉她，在歌舞厅做小姐其实是完全没有工资的，要靠晚上陪客人唱歌跳舞挣小费来赚钱。并且对她说，要想多赚钱，就必须依着一点男人，还说男人就是那么回事。至于怎么“依着”男人一点，以及男人到底是怎么一回事，金丽丽没有说，玛利亚也没有问，不好意思问。

头一天晚上，钱老板对玛利亚很礼貌，也很热情。热情地和她聊天，问了她一些个人和家庭的基本情况，并且热情地教玛利亚怎样使用麦克风唱卡拉 OK，怎么样跟着节奏跳舞，甚至还为玛利亚点了饮料、水果拼盘和沙丁鱼。那天晚上玛利亚过得很愉快，从来没有过这么愉快。散场的时候，钱老板还掏出整整五张百元大钞给玛利亚。吓得玛利亚不敢接，她觉得钱老板耐心地教了她一晚上，还为她花了那么多的钱，应该是她给钱老板钱才对，怎么好意思还要钱老板的钱呢？幸好金丽丽及时赶过来，替玛利亚接了钱老板的钱，然后再塞给玛利亚，说：“拿好。谢谢钱老板。这是钱老板喜欢你呢。”

玛利亚当时脸通红，不知道是激动得通红还是不好意思得通红。

第二天依然如此。

第三天还是如此。

一连几天，钱老板天天耐心地教玛利亚唱歌跳舞，天大给玛利亚点好吃的和好喝的，并且天天给玛利亚五百块钱。

玛利亚不安了。激动。觉得这钱赚得也太容易了，比她想象的还容易。内疚。觉得自己白白地占了人家的便宜。麻腊梅从小就知道不能白占别人的便宜。

一个星期之后，还是散场的时候，钱老板没有再掏出五百块钱，而是提出带她出去。玛利亚几乎想都没想，什么条件没讲，立刻就跟他出去了。那态度，仿佛钱老板让她去死都可以。

钱老板当然没有让她去死，而是把她带到了一家酒店，也就是上次金贵枝接她们吃动物的那种酒店。但是，这天晚上钱老板带玛利亚到酒店不是请她吃动物，也没有请她喝酒，而是直接把她带到一个房间。玛利亚这才知道，城里的酒店不光是喝酒吃动物的地方，而且也是睡觉的地方，相当于旅馆。想也是，那么高的大楼，要是全部用来喝酒吃饭，得要多少人呀。

玛利亚感到新奇，乘电梯的时候就感到新奇，到了房间更感到新奇。不用说，后来发生的事情更让她感到新奇，而且终生难忘。

对于男女之间的事情，玛利亚虽然没有经历过，但基本过程她还是知道一些的。乡下人喜欢开玩笑，并且见识有限，开不出城里人那些需要知识背景的大玩笑，只能开一些他们熟悉的小玩笑，比如张家公公半夜起来小便，听儿媳妇打哼哼这样的玩笑，如此，麻腊梅当初在乡下的时候，就从这些玩笑或笑话当中知道一些男女之间的事情。还有他们家的狗，每年春天和别人家的狗做那种事情，麻腊梅有意无意也看过一些。加上来歌舞厅当小姐之后，耳闻目睹强化熏陶，多多少少也知道一些关于“出钟”的概念。今天约她出去，显然是与金丽丽通了气的，他们离开歌舞厅的时候，金丽丽还特意对她耳语了一番，所以，可以说，玛利亚对出去以后做什么也是有充分思想准备的。但是，知道是一回事，有思想准备是一回事，与真正做这种事情还是有相当大差别的。前面的都还好，无论是她顺从地按照钱老板的意思先洗澡，而是洗到一半钱老板就进来“帮”她洗，甚至洗完之后一丝不挂地躺在床上任钱老板摆弄，她虽然紧张，但仍然能够控制自己，甚至还尽量不让这种紧张表现出来。但是，到最后，到钱老板把她双腿提起并且撑开，然后进入她身体的时候，她突然受不了了，感觉到一阵疼痛，并且由疼痛引起恐惧，由恐惧加重疼痛，最后竟然哇的一声哭出来。关键是她哇的一声哭出来之后，钱老板并没有像这些天来一贯表现的那样尊重她和体贴她，相反，还立刻加大了进入速度与力度，具体表现就是不断地快速退出又快速进入，仿佛要的就是那个进入的过程和效果。最让她不理解的是，她越是表现为恐惧和疼痛，钱老板就越兴奋，动作就越强烈。

那天晚上这样的情况不止一次。

那天晚上玛利亚几乎一夜没睡。

事后玛利亚想，难道这就是金丽丽说的“男人就是那么回事”？

不知道。她没好意思问金丽丽。

不用说，第二天继续如此，第三天也是如此。事实上，这样的情况差不多持续到春节。但是渐渐地，玛利亚就没有那种疼痛和恐惧了。不但没有，还觉得有些快乐，如果哪一天钱老板没有这样，她甚至还觉得这一天没有结束一样。

到春节，钱老板一共给了玛利亚好几万块钱。这时候，麻腊梅觉得她已经完全是钱老板的人了，她与钱老板可能一辈子都会这样，永远这样了。至于钱老板本人是不是已经有老婆，麻腊梅跟他这样是算“大奶”还是算“二奶”，她想都没想。所以，那年春节麻腊梅回山里坪过年的时候心情是愉快的，感觉自己这一辈子终于有了依靠了，感觉自己这一辈子再也不会缺钱了。不仅她自己不会缺钱，就是他们家也不会缺钱了。而只要全家不缺钱，她父亲不再见到干部像贼一样地到处藏，她妈妈不需要在对付干部上房掀茅草的时候装疯撒泼，她弟弟不会再看见别的小孩吃棒棒糖而自己流口水，那么，即使她自己做二奶也在所不惜。所以，那年春节麻腊梅回山里坪的时候，才给全村几乎每一家都送了礼物。所以，那年春节麻腊梅回山里坪的时候，才会要堂弟麻近水不要考什么大学了，直接到广东来发财算了。那时候在麻腊梅的眼睛里，广东的男人都是像钱老板这样有钱的人，并且全部都是像钱老板这样没有上过大学的人。但是，那年春节麻腊梅从老家回到广州之后，情况变了。

那年春节麻腊梅回到广州之后，突然发现钱老板已经不是她的人了，或者说，她自己不再是钱老板的人了。具体表现就是钱老板不再找她了。当然，也不会再给她钱。道理再简单不过，金丽丽又为钱老板介绍了一个春节过后刚刚从乡下来的妹子。尽管这个妹子并不比麻腊梅漂亮，但肯定比麻腊梅更年轻，比麻腊梅更单纯，一看就是个“苞”。

麻腊梅疑惑了。麻腊梅痛苦了。她不知道自己错在哪里。

这时候，麻腊梅已经把妹妹麻春花带来了，并且她们俩现在单独租了房子住，姐妹俩天天生活在一起。但是，像这样的疑惑不解和痛苦，腊梅是不能跟妹妹春花说的，而只能跟金丽丽说。

麻腊梅问金丽丽：“这到底是怎么回事？”金丽丽一听，比她还奇怪，但奇怪的不是钱老板的所作所为，而是麻腊梅的想法。

“你认真了？”金丽丽问，“这种事情你怎么能认真呢？他没有给你钱吗？给少了吗？不少了吧？你不要太贪了。现在就这行情，单开一个苞就几千块，钱老板包了你差不多一个月，总共给了你有三万块了吧？平均一天一千，批发价，你没有吃亏。”

直到这个时候，麻腊梅才清醒，清醒地认识到自己的身份：一种出卖的身份，出卖自己青春和肉体的身份。清醒之后，她痛苦了一段时间，但歌舞厅到底是能迅速改变人的场所，并且很快就把她改造成不痛苦了，甚至玩世不恭了。再见到钱老板向别的女孩献殷勤的时候，甚至是跟别的女孩出钟的时候，她已经没有感觉了。

但是，当麻腊梅已经把这件事情翻过去的时候，钱老板又把它翻回来。

这一天晚上，妈咪金丽丽笑眯眯地转告麻腊梅："钱老板要请你吃饭。"

"他请我吃饭?"麻腊梅问。一边问一边想，笑话，太阳从西边出来了。也不一定，她又想，说不定钱老板还真念旧情呢。说不定他比较了一圈，还是觉得我好。这么想着，她不禁又回想起自己跟钱老板在一起的难忘时光，竟然又有点激动起来。

"是的。"金丽丽说，"请你吃饭。请你和玛瑞亚一起吃饭。"

麻腊梅一听，火了。玛瑞亚就是她妹妹麻春花，被她带到歌舞厅后，也入行随俗，由金丽丽帮她起了这么个土不土洋不洋的名字，仿佛是专门与她这个"玛利亚"配套。但这时候的玛利亚已经不是当初的麻腊梅，一听说钱老板要请她和妹妹春花一起吃饭，马上就想到他打的是什么主意。

"不去。"麻腊梅说。说的口气不好，明显带有发火的味道。

不错，春花是腊梅带到广州来的，并且明确地知道带来广州是做歌舞厅小姐。那时候，她还以为钱老板会跟她好一辈子，起码会好上几年，她还觉得这样很合算，因为几年就意味着上百万，就真的一辈子不愁钱了。所以，那时候她心情还很愉快，就以为歌舞厅是世界上最好的地方，不仅天天吃香的喝辣的，而且还有很多机会，包括赚钱的机会和被一个有钱的大老板看上的机会。所以，她想让自己的妹妹也来分享这样的好机会，所以就把春花带来了。但是，带来之后，她才发现钱老板根本没把她当回事，才发现自己与钱老板其实就是买卖关系，买卖完了也就完了。并且，在金丽丽的开导和歌舞厅这个特殊环境的启发下，麻腊梅渐渐地放弃了幻想，已经自暴自弃了。但是，她绝对不希望自己的妹妹也自暴自弃。她希望妹妹春花能老老实实地坐台，不要出钟。

“你也不要发那么大的火，”金丽丽说，“既然做了我们这一行，就不要再想着贞节牌坊。出钟是早晚的事情。既然是早晚的事情，跟谁出不是出？我看这个钱老板不错，出手大方。”

“不行！”麻腊梅打断金丽丽的话，“给多少钱都不行！她是我妹妹。”

金丽丽见麻腊梅这态度，并没有生气，而是笑，笑着说：“钱老板知道是你妹妹，所以才请你们俩一起吃饭，要不然，干吗叫上你？直接带玛瑞亚一个人去算了。”

“他敢！”麻腊梅吼起来。

22

麻近水就是在那个时候突然到广州的。那个时候，春花还没有出钟，完全是因为腊梅的坚守而没有出钟。但是，腊梅心里清楚，金丽丽说得对，春花出钟是早晚的事，即使今天不出钟，那么明天就可能出钟，即使不跟钱老板出钟，也会跟张老板王老板黄老板陈老板出钟，反正每天来歌舞厅的都是老板，金钱的诱惑每天都存在，而如果春花第一次跟钱老板出钟，像金丽丽说的，至少他出手还大方，换上其他老板，可能连这也做不到。说实话，这时候腊梅的坚守，多少有一点象征意义。似乎她坚守的并不是妹妹春花的身体，而是她自己的心理安慰。

大约是心里有事，而且是不能对别人说的事，尤其是不能对麻近水和春花说的事，所以，那次麻近水来广州时，麻腊梅态度不是很耐烦。她甚至后悔，后悔春节回去的时候对麻近水说的那些话，更后悔把妹妹春花带到广州来。但是后悔已经晚了，妹妹春花已经跟她来了，堂弟近水也已经来了。麻腊梅知道，凡是来了的，就肯定不想回去了，回去了也还会再跑回来。因为毕竟，在他们眼里，广州与山里坪的关系，确实是天堂与地狱的关系。作为一个稍微有点思想的人，宁可在天堂里面做一个跑堂，也不愿意在地狱做一个管事。况且，近水和春花在地狱也做不上管事的。所以，腊梅知道近水和春花肯定都不会再回去的。这时候腊梅所能做的，一是继续坚守春花不要出钟，二是赶快为近水找一个工作，最好找一个离广州远一点的工作。最后，腊梅终于把麻近水介绍到东莞石龙谢老板那里工作了。但是，她对春花的坚守却没有进行到底。就在麻近水去石龙不久，腊梅稍一打盹，春花就跟人出钟了。而且正像当初腊梅自己担心的那样，她把自己的首次出钟交给了一个出手并不大方的老板，可谓是人财两空，腊梅真的害了春花。

腊梅对春花的无谓坚守不仅害了春花，而且还得罪了钱老板，甚至还得罪了金丽丽。最后，她不得不离开大都会娱乐城，另谋生路。

这次，腊梅接受教训，没有带妹妹春花一起走，而是她自己单独走，因为她发现，做这种事情只能单干，绝对不能跟家里人一起干，眼不见为净。如果跟家里人一起干，不但不能互相帮助，反而会互相产生负面影响。

腊梅从大都会娱乐城的歌舞厅出来之后，并没有立刻找到一个立足之处，好的时候在宾馆，坏的时候回到歌舞厅，靠讨好妈咪争取一个上台的机会。而当时广州的坐台小姐也是分派的，贵州的小姐势力明显没有湖南和四川的强，所以，即便她想讨好妈咪，也并非总能得到坐台的机会。最差的时候，她甚至“降档使用”，下到街边发廊去兜生意。后来，还是一个客人跟她海吹一通，才让麻腊梅茅塞顿开，认准了道路，最终成为“二奶”的。

这个客人并不是老板，至少不是大老板。做小姐时间长了，对方是不是大老板，麻腊梅还是能看出来的。

这个客人虽然不是大老板，但是却有大“学问”。为了证明自己有大“学问”，他对麻腊梅说，做小姐这一行也是要分三类九等的。最低一类的是三类，三类当中还分成三等，下等的是为建筑工地民工服务，中等的站在马路边认人采，上等的在小巷深处做发廊妹。

客人吹到这里，麻腊梅心里一惊，马上就联想到她自己就偶尔在发廊做过。也就是说，她偶尔属于最低一类的。

客人继续吹。说最高一类也有三等。上等小姐只与有钱有势的人“交朋友”，然后利用他们手中的权力发财。中等小姐做各种销售代理，以色为手段，赚取高额提成。但看起来并不是直接出卖，而是变相出卖。下等高档小姐给大老板当“二奶”，吃香的喝辣的，买车买房进户口，而且只为一个人服务，不是为大众服务，所以感觉自己不是做小姐，而是像过去的二奶奶，所以简称“二奶”。

麻腊梅一听，马上就听出一类小姐确实比三类小姐好，而且好不少。但是，正因为“好”，而且好不少，所以她才做不了。比如跟有权有势的人交朋友，不要说她交不了，就是交上了，也不知道怎么样利用这些“朋友”手中的权力发财，所以这个她肯定做不来。至于各种销售代理，听起来容易，但是没有一定的文化背景怎么推销？起码也要能说出一些专业术语，如果连那些都不会说，怎么推销？所以，只有做“二奶”，考虑到自己尚且年轻，也还算漂亮，勉强可以争取。

客人最后吹到中间的二类小姐。说二类小姐就是麻腊梅现在这个样子的，要么做“小二奶”，要么在高级酒店“坐班”，要么在歌舞厅“坐台”。

“什么叫‘小二奶’？”麻腊梅问。

麻腊梅这样问，就表示她已经对“小二奶”感兴趣，而对“坐班”和“坐台”已经不满足了。

“‘小二奶’就不是大老板的二奶奶，而是小老板的二奶奶，甚至是高级打工仔的二奶奶。”客人说。

“什么是高级打工仔？”腊梅又问。

客人想了想，又看看麻腊梅，并且让自己的手背在腊梅的乳头上轻轻地滑过，然后一直往上滑，滑到她的鼻子上，才说：“比如大公司的部门经理，小公司的副总经理，等等，跟他们做情人，虽然发不了大财，但毕竟是一个固定的情人，也比坐台好。”

麻腊梅虽然没有上过多少学，但没上学的原因是他们家困难，上不起学，并不代表她笨，上不了学。其实，腊梅上小学的时候学习成绩还是很好的，老师一直都夸她聪明，当时辍学的时候，老师还非常惋惜，四次去他们家做工作，希望她继续上学，并且说只要她继续上学，将来肯定有出息。但她爸爸不同意，说反正也是一个赔钱货，出息了也是便宜婆家，所以，硬是让她辍学了。尽管如此，腊梅仍然是聪明的，这种聪明虽然由于经济和性别的双重原因没有在学习上继续得到体现，但是在做小姐的时候还是得到体现了。现在，聪明的麻腊梅听那个有大“学问”的客人海吹胡扯一番之后，马上就悟出了其中的道理。想着既然已经做上小姐这一行了，那么就应当在这一行当中出类拔萃，也就是争取做一类上等小姐。

当然，想是这么想，但具体做起来，还是要循序渐进。

腊梅把自己的条件排了一遍，本着量力而行的精神，决定先更上一层楼，而不是上二层楼。具体地说，就是先由“坐台”上升到做“小二奶”。

后来的发展证明，她这一步是有战略意义的。

确定目标之后，麻腊梅就处处留心，不仅对客人留心，就是对同行的小姐也留心。发现哪个小姐被客人包了，立刻主动联系，问寒问暖，并且赠送礼品和祝福。最后，她终于在一个做二奶的老乡的介绍下，做成了“小二奶”。但是，不是在广州做，而是在深圳做，并且不是给小经理或小老板做，而是给一个司机做。具体地说，就是给一个香港开大货柜车的司机做。

给司机做也要做，先踏上一个台阶再说。

这个香港司机四十多岁，瘦，蛮黑，但身体不错。不仅看上去不错，实际做起来也不错。这点，麻腊梅是有发言权的。

香港司机把大货柜从香港开到深圳后，不开了，交给一个在内地的远房亲戚接着开。开到韶关，或开到清远，当然，也可能只开到广州。但是不管开到哪里，回到深圳后，再把大货柜车交还给香港司机，然后由他开回香港。在深圳等待的这几天，也可能只有一天，香港大货柜司机的主要任务是休息，是放松，而且是彻底地休息，彻底地放松。放松的程序是来到他专门为麻腊梅租的这个小单间里跟麻腊梅做爱，疯狂地做爱，然后是洗澡，洗澡之后是喝麻腊梅事先为他煲好的汤。麻腊梅以前在山里坪的时候并不会煲汤。不但不会煲汤，而且也没有喝过这样的汤。但是，现在会了，而且非常会，因为货柜司机喝完之后，常常能雄风再起，继续做爱。第二天早上，香港司机通常比较心疼麻腊梅，不会让麻腊梅继续为他服务，而是让麻腊梅接受别人的服务。接受的方式是他们一起去茶楼喝茶。当然，在广东，所谓的喝茶就是吃早点，甚至连中点也都吃了。下午，如果远房亲戚已经把车开回来了，则香港司机抢着跟麻腊梅做爱一次，然后把车开回香港，如果车还没有开回来，则香港司机不急着下午就做爱，而是养精蓄锐，等到晚上再与麻腊梅做爱。但不管是哪天开回来，反正货柜车总是要开回来的，香港司机也总是要回香港的。在香港司机回香港这段时间，麻腊梅是只有他的。在这段时间，很多像麻腊梅这样的司机二奶选择在外面兼职。所谓“兼职”，当然是比较文明的说法，或者说是比较含蓄的说法，其实在很多情况下，比较含蓄的说法往往就是比较文明的说法。如果不含蓄或不文明，“兼职”就是去外面坐台，用二奶们的话说，就是“赚外快”。反正这段时间司机没有来，眼不见为净，即便他们能巧妙地躲过老婆的监视打一个电话过来，二奶们也可以说是在自己的女性朋友家玩，并且旁边一定有一个同类来帮她“证明”，证明二奶确实是在她家玩，甚至还当场调情，说大哥你也来玩呀，一起玩，如此，“兼职”工作就相当安全，绝无风险，不赚白不赚。

别说，还真有人不赚。比如麻腊梅。

麻腊梅不赚这个“外快”不代表她不需要钱，更不代表她“正派”。都做小姐了，还有什么“正派”不“正派”？再说，对货柜司机这样的“老公”，也不需要“正派”。麻腊梅没有这样做的原因是她心中有大目标。这个大目标就是要由二类小姐进步到一类小姐，即便同样是做“二奶”，那么也要从“小二奶”进步到“大二奶”。正因为有这个“崇高目标”，所以，麻腊梅在给香港货柜车司机当“二奶”期间，并没有去“兼职”，而用“业余时间”来学习。因为麻腊梅知道，做“大二奶”必须要有大学问，起码要有中学问，至少不能是小学学问。麻腊梅就是在那段时间自学完初中甚至是部分高中学问的。再后来，她甚至还学习了电脑和外语，虽然没有学到家，比如并没有学会电脑软件开发，但是打字上网查资料还是没有问题的。这就是深圳的好处，只要你想学习，从简单的打字到清华大学研究生课程班都有机会给你学。麻腊梅虽然没有学习清华大学的研究生课程，但是通过自学和参加各种短训班培训班，文化素质已经大大提高，并且功夫不负有心人，当麻近水再次见到他堂姐的时候，麻腊梅真的就是一个“大二奶”了。

23

石建南最近越来越烦恼，他没有想到楼宇智能化的发展这么快，由于自己当初太小瞧“智能化”了，或者说是自己太想投机取巧了，尽想吃现成的，没有在研发上投入，所以现在跟天宇公司已经明显拉开了差距，并且这个差距比中国男子足球与日韩足球的差距还要明显。

林老板虽然没有上过大学，但是大事不糊涂，并且不小气，敢于放手让裴柳莎经营管理，敢于投入资金搞研发，现在天宇公司不但拥有自己雄厚的研发队伍，而且有自己的拳头产品和生产基地，使公司整体实力和核心竞争力大大增强。相比之下，天衡公司倒更像是天宇公司下属的一个工程部了。

在拓展业务上，天衡公司也越来越不是天宇公司的对手，靠美女和回扣所接的一些工程，往往是天宇这样的大公司不想做的项目。利润空间小，回款困难，扣除业务员的提成之后，基本上就只能维持成本了。而真正大的项目，比如科技综合楼，比如高交会馆，比如报业集团，比如法院大楼，比如彩电中心，凡是这样舍得在智能化上投资并且回款信誉好的项目，一定要经过公开的招投标程序，而一旦经过招投标，天衡公司就几乎是陪练，白费人财物，还丢人现眼。

石建南现在又后悔了，后悔自己的投机心态，后悔自己的讨巧心理，后悔自己的小气。但人的小气属于人的性格层面的东西，想改是很困难的。七八年前石建南就反省过自己的小气，七八年后还要做同样的反省，足见克服自己性格上的弱点是多么的困难，再说，即便这一次的反省真的把老毛病克服了，估计也没有机会了。

如果现在再投入研发力量，不仅成本更大，而且时间也来不及了。当初林老板的天宇公司开发会议系统的时候，深圳的楼宇智能化还没有包含这个项目，或者说当时中国的楼宇智能化还没有涵盖这个内容，天宇公司通过几年的研发成功后，还经过一个推广过程，市场才能认可。可见，研发属于长期投资行为，不可能立竿见影，而且还要敢于冒不成功的风险。还是以天宇为例，当时他们是同时开发了几个系统，最后真正经得起市场考验的，就是一个会议系统。可见，企业核心竞争力的产生不是一朝一夕的事情，不仅需要有大的投入，也需要具备承受失败的能力，还要经得起时间的折磨，靠投机取巧不行。

石建南现在有两个选择，一是慢慢维持，自生自灭；二是从头做起，从研发做起，准备打持久战。

一想到自生自灭，石建南突然打了一个寒战。如果自生自灭，自己当初还不如不下海当什么狗屁老板了。如果当初不下海，熬到现在，也应该跟唐向羽差不多。唐向羽老婆早调过来了，前年熬到副处，去年在冬瓜岭分到了四室两厅的房子，现在车子也开上了。关键是他没有什么烦恼，每天一上班，只有人家求他的，没有他求人家的，多好。只要他不贪，他就会一直这样好下去。再看看自己，说起来是老板，还有一大堆没有任何用处的荣誉，比如这个代表那个理事，还有某某协会的副主席，全是虚的，只有每个月底给员工发工资才是实的，少一分不行，晚一天也不行，除了头发掉得比唐向羽多之外，没有一条比他好。但是现在不是后悔的时候，还必须强打精神往前走。

石建南找曾伟力谈心，征求他对公司今后发展的看法。

曾伟力当然不希望天衡公司垮掉。曾伟力说："楼宇智能化的发展确实比我们想象的快，但从整体上看，还是初级阶段，还是朝阳产业，所以现在从研发入手也为时不晚。"

"不管怎么讲，"曾伟力说，"我们是深圳最老一批做楼宇智能化的专业公司。其实在深圳是老字号的公司，也就等于是中国老字号的公司。就技术来说，在深圳我们可能确实是落后于天宇，但是相对于内地的许多中小企业来说，无论是'深圳'这个品牌还是'天衡'这个品牌，都还是能叫得响的。"

石建南的眼睛亮了一下，他发现这个曾伟力并不是像某些人说的那样只会拍马屁。

石建南说："你的意思是……"

"双管齐下，"曾伟力说，"一方面，从基础做起，老老实实投入研发，研发自己的核心技术，创造自己的拳头产品，形成天衡新的核心竞争力。另一方面，把今后市场开发的重点放在内地，充分利用深圳与内地特别是与内地边远地区的时间差，抢占市场。等内地的智能化水平达到现在深圳的水平的时候，我们拥有自主知识产权的核心技术也应该差不多了。到那个时候，市场还是我们的。”

“好，好，”石建南说，“你搞一个报告，然后我们专门开会研究一下。”

曾伟力的报告很快就写出来了。写文章是曾伟力的长项。曾伟力发现，凡是当领导的或者是当老板的，都更相信用文字写出来的东西，所以，一个人如果能写得一手好文章，得到提拔重用的机会将比其他人大许多。曾伟力就是这样一个能写一手好报告的人，这恐怕也是他能够当上老总的原因之一。

报告是出来了，但是问题也出来了。因为按照这份报告，公司起码要投入一千万，而无论是天衡公司或者是石建南本人，目前根本就没有这一千万。

“能不能压缩一点？”石建南问。石建南这样问，就好像他是跟曾伟力在做生意，在讨价还价。

曾伟力把报告又拿过来，在预算一项当中又仔细地看了一看，让石建南感到他是十分认真的之后，才非常抱歉地对石建南说：“恐怕比较困难。我们搞的是系统工程，要想真正能开发出一个拳头产品，必须几条线同时摸索，至少要准备二十个人干三年。搞开发的人学历都比较高，工资和福利相应地也高。除了工资之外，还有各项保险和住房基金等等，每个人每月的总消耗大约要一万块钱，光是人员费用这一块，三年差不多就是七八百万。所以一千万的预算还是比较紧张的。”

“一定要三年吗?”石建南问。

曾伟力又假装考虑了一下，“假装”的目的不是想欺骗石建南，而是为了让石建南相信他说的话是经过考虑的。曾伟力发现，回答老板的提问不能太快，太快了老板就会误解你不慎重，没有经过大脑，所以，现在曾伟力必须要“考虑”更长的时间。

“差不多，”曾伟力说，“开发出来之后还要调试和实验，然后要通过鉴定和认证，再做市场推广，到正式产生效益估计不会少于三年。”

石建南不说话了。他当然知道曾伟力这一千万的预算没有什么水分，这也不是跟曾伟力做生意，他报价掺水没有任何意义。

“要不然分两步走。”曾伟力说。

“怎么分两步走?”石建南问。

石建南这样问的时候，一改以前居高临下的态度，眼神竟然谦和了许多。但是他很快意识到了，马上又恢复原来的态度。

曾伟力倒没有注意石建南眼神的变化，该怎么说还是怎么说。他现在在天衡这条船上，而且相当于这条船上的大副，天衡要是真的翻了，他自己也要落水，所以，他现在是真心为老板出主意。

曾伟力说：“内地的工作照样开展，有没有研发都要照做，至少还能做三五年。这边研发的事，看能不能争取一些科技扶植贷款。市里面对民营科技企业的扶植是有政策的，而我们以前一直生意好做，所以并没有充分利用这些政策，现在如果能贷到一笔款，比如贷五百万的款，研发就能跟上去，如果不行，再想别的办法。”

“好，”石建南说，“家里其他一切事务你全面抓一下，往内地发展和银行贷款的事情我亲自抓。”

要说石建南到底在商场上摔打了这么多年，也不是吃素的，他马上就把业务部的美女们集中起来，凡是内地有关系的，立即派往内地扩展业务，而且是各地回各地。他相信这些美女既然在深圳都是美女，那么在她们的家乡也一定是美女，并且更是美女，所以，她们在自己的家乡肯定多少有一点关系，现在经过在深圳的熏陶，又打上“深圳”和“天衡”两个招牌，回内地遍地开花，不可能一个果子不结。首先他自己马上就给父亲打了电话，然后派上一个跟他是同乡的美女回去。那边宁波的董小姐也当场给杭州的一个什么关系打电话，对方说亲自开车去机场迎接。总之，拓展内地市场的工作虽还没有见到实际效果，但是希望是明显的。

美女们放出去之后，石建南把主要精力放在贷款上。但是贷款方面的进展不容乐观。他跟有关方面接触了一下，有关方面都表示大力支持，但是一涉及具体支持，他们都表示：你要是早说就好了，现在商业银行已经按照企业模式运作，政府有关方面的干预力度相当有限，让我们引荐没有问题，但是能不能操作成功还要你们银企之间直接交流。

在有关部门的引荐下，石建南跟几家银行直接接触。银行的态度也相当好，说可以，没有问题，你先在我们这里开户，办理结算，然后按程序走。石建南没有跟银行打交道的经验，现在见人家这么热情，还以为是引荐他们认识的领导的面子大，甚至想到是天衡公司的名气大，于是，一切照办。开户，办结算，甚至连员工的工资也直接打到银行，让员工从银行发的卡上支取工资，如果员工不按时足额地支取工资，这笔钱就等于是为银行拉存款了。办完之后，准备按程序走了，才知道这是一个漫长的程序，要等到开户三个月之后才能开始走，怎么走，能不能走得通，都还两说。

石建南不傻，马上就感觉到了猫腻，相当于八字还没有一撇，自己已经被银行牵着鼻子走了一大圈。

石建南通过唐向羽在银行内部找到了一个可靠关系，这个可靠关系当着唐向羽的面，实话实说：不管是这程序还是那程序，现在银行实行终身责任制，要想贷款，要么有可变现资产做抵押，要么有担保公司担保。但是根据他的估计，像天衡这样没有多少固定资产的公司，估计让担保公司担保相当困难。

在石建南忙于拓展内地市场和向银行申请贷款的时候，曾伟力主要负责公司的日常管理，日常管理的主要内容就是降低消耗节约开支，而降级消耗节约开支的最有效办法就是裁员，所以，曾伟力又裁减了几个无关紧要的人，比如已经将打字员裁减掉，让前台小姐兼任打字等等，并且将职工宿舍进行了压缩，退掉两套房子。尽管如此，石建南对曾伟力的工作还是不满意，因为当月的报表上支出并没有减少多少，甚至还略有增加，增加的部分是拓展内地市场的差旅费。

石建南感觉到了财务方面的压力，而对于一个公司来说，财务压力是最根本的压力。

石建南受不了，必须释放，释放到曾伟力这里。于是，曾伟力就感觉到了石建南给他的压力。

曾伟力找麻近水谈话，麻近水很好说话，知道他能够干到今天已经是个奇迹了。

“社保暂时给你保留，”曾伟力说，“等你找到新的工作之后再说。”

曾伟力到底不是当老板的，心肠还比较软，所以在跟麻近水这样说的时候，他自己差点就流出眼泪。他不知道，离开天衡公司之后，麻近水上哪里还能找到工作。但是曾伟力终于还是没有流眼泪，不但没有流眼泪，而且还要摆出一副铁石心肠的样子。他知道自己的身份，他要守符合他这个身份的本分。假如说在公司里面必须一个人唱白脸一个人唱黑脸，那么他永远只能拿那副黑面具，而把白面具留给石建南。这是他作为一个职业经理人的基本道德，是他的本分。

在跟麻近水谈话之前，借着压缩宿舍的机会，曾伟力把麻近水调整到工程师宿舍，因为工程师宿舍宽敞一些，人的素质也高一些。曾伟力的意思是即使炒了麻近水的鱿鱼，他也不打算赶他离开宿舍，好在现在管行政后勤的办公室主任已经被提前精减了，行政后勤部门现在直接属于他管，只要工程师们不说，曾伟力就装糊涂，就一直让麻近水住着。曾伟力相信工程师们的素质，并且看出他们其实也非常同情麻近水，所以他相信麻近水能够在这里住较长一段时间，至于这个较长一段时间之后怎么办，他也不知道。只能说住一天是一天吧。

麻近水正式办理辞退手续的时候，曾伟力特意把管人事的小高叫到他的办公室，对她交代："暂时保留麻近水的社保，费用从我工资里出。"

"从你工资里出？"小高怕听错了。

曾伟力点点头，并叫小高不要对任何人说。

"我们一人出一半吧。"小高说。

"不用，"曾伟力说，"你只要能做到保密，我就感激不尽了。"

后来，曾伟力再领工资的时候，发现只少了一百，而不是两百。他马上就想到肯定是小高这个小丫头自己出了一百。但是他没有去找小高，他觉得人人都有做善事的权利，他有，小高也应该有。

本来，关于辞退麻近水的事情做到这个份儿上，曾伟力觉得自己已经是无可挑剔的了，但是他万万没有想到，一个巨大的麻烦已经在悄悄地向他逼近，再逼近。

24

石建南这个月在工资表上签字的时候，终于再也没有看见麻近水的名字。石建南迟疑了一下，然后签上字，让会计拿走。

石建南的心情是复杂的。天衡是私营企业，私营企业不养闲人。现在麻近水不但是闲人，而且是病人，不但不能为公司创造任何财富，而且还消耗公司的资源。如果这样的人继续留在公司里面，那么天衡公司就真的成了慈善机构了。但是天衡公司毕竟不是慈善机构，是企业，而且是陷入财务困境的企业。所以让不能胜任本职工作的员工离开公司也是迫不得已的。或许，等内地市场打开了，公司效益好了，还会再把麻近水请回来。到时候再说吧。

内地市场很快就传来了好消息，有两个边远省份的业务基本上已经搞掂了，对方提出要来深圳对天衡公司进行实地考察，只要天衡公司这边没有什么问题，回去就签合同。

这边当然没有什么问题。天衡公司绝对不是皮包公司，天衡公司是深圳最早一批做楼宇智能化的专业公司。天衡公司宣传资料上所列的项目案例也都是经得起考察的。

石建南到底是生意人，马上就理解对方在签订合同之前来深圳“考察”的真实目的，他与曾伟力商量着怎样接待。

曾伟力建议：住的地方安排在迎宾馆，既高贵，也可以显得我们公司正规，甚至让对方联想到我们的政府背景。玩的地方最好去粤东，那个地方有真正的大海，而且现在比深圳开放，只要他们胆子大，要什么我们给他们上什么。送的东西只有一样，就是红包，只要他们敢收，最好能把红包撑破。反正羊毛出在羊身上，价格上要让他们做适当放宽，付款方式也应该在合同签订一个星期之内支付百分之三十的入场费，然后按施工进度付款。

石建南在电话里面把意向跟业务经理一说，第二天业务经理就回话了：没问题。只是她那边应酬太多，让石建南再往她的招商卡上面打一万。石建南当然照办。

客人眼看就要来了。公司里里外外焕然一新，电脑全部换上液晶显示的，欢迎标语都写好了，另外在走廊上还张贴了一些喜报和用户单位的反馈意见等等，董事长办公室里有石建南和各级领导及社会名流的合影，包括和世界级影星的合影，会议室里摆满了各种荣誉凭证。曾伟力还别出心裁地大胆创新，将公司打算今后开发但是由于缺少资金还没有开发的系统也提前亮相，具体做法就是把会议室正面上方条幅换了。原来已经准备好的条幅是“热烈欢迎某某单位来我公司考察指导”，现在换成“SZTH-9系统鉴定会”。虽然字数少了，但档次却明显提高了，暗示他们刚刚

“又”通过了一个新技术的成果鉴定。石建南在巡视的时候看到这个条幅，脑中马上闪过一道亮光，心想，既然如此，我们可以不必投入一千万开发什么新系统了，或者只是花几十块钱在条幅上“开发”，而在实际应用中直接采用别人已经开发出来的新技术，反正这些要“考察”的人或者是将来要“考察”的人也闹不清什么是“SZTH-9系统”。

石建南这时候对曾伟力微笑着点点头，意思是：干得好！

也确实干得好，这样的条幅当然比“欢迎考察指导”有档次。含蓄，不露骨，而且只说是鉴定会，至于是什么级别的鉴定，鉴定到底有没有获得通过，甚至鉴定会到底开了没有，全凭你根据自己的经验去想象，而天衡公司什么也没有说。不要说糊弄内地来的狗屁考察团了，就是深圳市技术监督局或者是科技局的专业人士来，他们也挑不出毛病。大不了就说本来准备开的，但是因故推迟了。技术监督局或者是科技局总不能连“准备”和“推迟”都要管吧。

干得好归干得好，但是越是干得好，石建南就越是要挑一些毛病，这是做领导或做老板的诀窍，如果做领导的或做老板的这时候不挑一些毛病，可能就要显出领导或老板没有水平，而且还容易滋长部下的骄傲自满情绪。

“对这个‘SZTH-9系统’是怎么解释应该要统一口径。”石建南说。

“对对对，”曾伟力说，“还是老板想得周到，我们是要统一口径，否则别人问起来怎么说呢。”

“干脆就说这是一个关于区域线路整合的系统吧，”石建南说，“前面的几个字母代表‘深圳天衡’，后面的数字表示是我们公司开发的第九项新技术。”

“好好好！”曾伟力说，“还是老板想得周到，就这样解释。”

其实这是曾伟力早就想好的，但是他故意不说，要让石建南说，把功劳让给老板。在曾伟力看来，把功劳让给老板也是职业经理的本分。

曾伟力一守本分，石建南就高兴。大约是太高兴了，所以他把麻近水的事情已经忘得一干二净了。

他忘了，但是有人没有忘，特别是公司里面的几个大学生没有忘。他们是天衡公司为数不多的仅剩的几个大学生了。留下他们一是为了应付工程，包括即将开展的内地工程；二是为了装点门面，要是整个公司连几个大学生都留不住，那么还能保得住“民营科技企业”这个牌子吗？这几个“保牌”大学生天天跟麻近水住在一起，天天吃过饭之后还给麻近水带一点回来，他们甚至轮流陪麻近水去医院做透析，他们还鼓动麻近水跟公司打官司，他们怎么能把麻近水忘记呢？如果他们仅仅是没有忘记麻近水，那还没事，问题是他们同情麻近水，并且在同情麻近水的同时还憎恨石建南，憎恨曾伟力，憎恨天衡公司，这就比较麻烦了。

大学生们鼓动麻近水打官司，但是麻近水不打官司。麻近水认为老板没有亏待他，天衡公司没有亏待他。

麻近水说：“是我自己生病，也不是工伤，公司能对我这样已经相当不错了。如果我不是在深圳，不是在天衡公司，而是在老家，在乡下，早就死了。现在虽然还没有做换肾手术，但是还可以坚持做透析，这已经是天大的恩惠了。我不能恩将仇报。”

大学生们骂麻近水愚昧。麻近水笑笑，不恼。他知道这几个大学生也是为他好。

其实这是一个看问题的角度问题，或者说是一个比较问题。人都喜欢比较，问题是怎么比较。麻近水对老板感恩戴德，是因为麻近水选择了纵向比较，拿深圳跟自己的家乡相比，拿天衡公司跟他们村相比，拿深圳跟他们农村相比，这样一比，他就觉得自己相当幸运了，就觉得石建南相当仁慈了。事实上，如今他们村出来打工已经蔚然成风，现在几乎家家都有人出来打工。听父亲说，他们村二贵在外面干了大半年，到领工资的时候，包工头跑了，搞得二贵连回家的路费都没有，与二贵相比，麻近水不是很幸运吗？还有他们村大牛，去年外出打工，从脚手架上摔下来，还好，人倒没有死，但是腰却直不起来了，成了废人，包工头还算仁慈，丢下两千块钱，从此杳无音信，大牛几个本家亲戚好不容易找到那个包工头，却发现包工头的家比他们家还穷，根本没有能力负担大牛的医药费，打死包工头也救不了大牛，跟大牛相比，麻近水不也是很幸运的吗？还有山娃、土根、国庆等等等等，他们哪一个也不如麻近水幸运。可以这么说，麻近水是他们村出来打工的人当中最幸运的。不仅在深圳一口气干了七八年，而且还享受到城里人才能享受的社保，就是现在由于实在不能胜任本职工作而被公司裁员了之后，还吃住在公司，还能享受社保，这是二贵、大牛、水生、土根、国庆他们能想象的吗？所以，麻近水不仅不会跟公司打官司，而且还感恩戴德，还想着万一自己哪一天康复之后，还争取回到天衡，回来的目的是以自己更大的努力来报答公司，报答老板。

大学生们也是比较，但是他们选择了横向比较。具体地说，就是跟天宇公司比较。在他们看来，跟天宇公司的比较才最有可比性。

工资和福利就不用说了，如果只考虑个人的工资和福利，那么肯定显得大学生们没有水平。他们主要是比较两个公司的发展。七八年前，天衡和天宇两个公司是差不多的，天衡早一些，天宇起点高一些，所以总体上应该是处于同一个水平。后来两个公司都在发展，天衡公司发展慢，天宇公司发展快，渐渐地就拉开了差距。现在更是奇怪，两个公司竟然往相反的方向发展。天宇公司当然是继续往好的方向发展，现在天宇已经成了深圳最大的楼宇智能化专业公司，并且已经从楼宇智能化向高速公路自动监控与管理领域拓展，而天衡公司好像是向相反的方向发展，越来越落后，跟天宇公司已经不是一个档次了。大学生们还自发地讨论过这个问题，他们认为造成这种现象的根本原因在于老板本人。天宇公司的林老板，虽然接受正规教育的程度还不如石建南，但是不小气，有胆量，主动退在幕后，敢于放手让裴柳莎大胆运作。而裴柳莎也秉承林老板的作风，放手让手下的人大胆实践，终于在天宇公司内部形成了一个层层放权的风气。其实层层放权就是层层信任，知识分子是最看中别人对他们信任的。士为知己者死当中的“士”其实就是今天的知识分子。当年林老板主动给裴柳莎百分之五十的股份，前年裴柳莎主动让出其中的一半给手下的几个骨干，让股必须通过林老板，林老板不但不反对，而且坚持他们俩一起让，各让出十五个百分点给公司的管理骨干、技术骨干和业务拓展骨干。现在裴柳莎也可以退在幕后了，公司业务骨干完全把天宇公司的事情当作他们自己的事情。据说今年他们自己又提出新的股权结构调整方案，主动降低自己的股份，让更多的管理者、开发者和业务拓展者成为真正的老板。哪里像石建南，完全把职工持股计划当作诱饵，并且是塑料诱饵，只能看，不能吃，把员工当傻瓜。

大学生们是最讨厌别人把他们当傻瓜的，所以他们现在最恨石建南。并且这个积怨得不到释放，所以越积越深，已经被憋成了一个炸药包，只要找到合适的导火索，一点，肯定爆炸。现在，麻近水事件就是一个最佳导火索，只差有人来点火了。大学生们鼓动麻近水跟老板打官司，这里面当然包含着正义感和同情心，但是也不排除鼓动麻近水点火的意思。可惜，麻近水“愚昧”，不但不认为老板亏待他，反而对老板感恩戴德，自然就不能胜任这个点火的任务，于是这个点火的任务就落到了一个局外人的身上。这个局外人就是早已经离开天衡公司的宋文莉。

终于，就在内地的参观考察团来深圳的前夕，宋文莉点燃了这个时刻有可能爆炸的炸药包。

25

宋文莉是山东姑娘，据说当年天津东亚毛纺厂的宋棐卿就是她本家的太爷爷。不知是有意还是天意，宋文莉后来考上天津商学院，正好学习工商企业管理，仿佛冥冥之中是上天特意安排她继承老祖宗的事业，在新的历史时期弘扬太爷爷当年的企业经营管理理念。

商学院毕业后，宋文莉主动放弃留校的机会，执意来到深圳，自谋职业。在宋文莉看来，今天的深圳就相当于太爷爷那个时代的天津，她想在深圳施展自己的抱负。

由于是正规商学院的正规工商企业管理专业毕业生，由于那时候“工商管理硕士”还没有像今天这样漫天飞，由于学习成绩优秀，也由于她身上有一种山东姑娘特有的健康的美，所以宋文莉很快就找到了一份不错的工作，一份民营企业管理工作。

进入民营企业也是宋文莉自己的选择，因为当年她的太爷爷所开办的就是民营企业，她甚至认为当今中国只有民营企业才是真正意义上的“企业”。

这是一个生产床上用品的民营企业。宋文莉对这个行业也非常感兴趣，因为当年她的太爷爷宋斐卿就是开毛纺厂的，床上用品跟毛纺属于关联行业，所以宋文莉工作起来更加卖力。按照他们山东老祖宗孔圣人的观点，知之者不如好之者，好之者不如乐之者，而宋文莉就是乐之者，所以她在这家做床上用品的民营企业进步很快。主要标志是她很快得到老板的赏识。

宋文莉当然会得到老板的赏识，因为她一心想把工作做好，从来不计较个人得失，这样的打工者能不受到老板的赏识吗？在民营企业，得到老板的赏识就是进步。宋文莉从统计员进步到生产助理，又从生产助理进步到生产主管，最后，又从生产主管进步到董事长助理。进步到董事长助理就进步到头了，因为对于股权单一的民营企业来说，只有董事长，没有副董事长，所以，董事长助理就是“二把手”。在民营企业，“二把手”是除老板之外的最高职位。

大约是由于进步太快了的缘故，或者是老板太赏识了的缘故，所以他们终于合作不下去了。

那一天老板跟宋文莉一起去招待客户。其实作为董事长助理宋文莉经常跟老板一起去招待客户。但那天不一样。那天客人走后，董事长还没有走的意思，他还要跟宋文莉单独再坐一会儿。单独再坐一会儿就单独再坐一会儿，其实董事长经常跟宋文莉单独再坐一会儿。单独再坐一会儿的目的通常是单独讲讲话，比如交流一下对刚才这个客户的看法，或者是单独交流一下刚才这个客户所讲的话里面的潜台词，还有可能是交流一下怎样落实这一单的事情。总之，单独再坐一会儿所要谈的内容总是围绕着刚才的应酬转的。但是这一次不是。这一次是老板谈他个人感情上的事情。

老板说，他这个人是幸运的，幸运地赶上了国家改革开放的好机遇，所以现在终于有了千万资产，有了自己的品牌，有了这个生产床上用品的企业。

老板说，他这个人是不幸的，不幸地出生在一个错误的年代，那是一个禁欲的年代，所以他当年选择夫人的标准只有一条：女的。所以，尽管他现在是专门生产床上用品的老板，但是自己的床上生活并不愉快。

宋文莉那时候还是处女，所以听到老板说到“禁欲”和“床上生活”还脸红。但仅仅是脸红，她并没有大惊小怪，她觉得老板可能是喝多了，所以嘴巴才没有遮拦。

老板又说，自从宋文莉来了之后，他的精神生活就丰富了一些，因为至少有了想头。

宋文莉仍然没有大惊小怪，她知道自己的长相，也知道老板老婆的长相，她甚至觉得老板对她有点想入非非属于正常现象，一个中年老板对自己身边年轻美貌的助理一点没有想法反而不正常。

老板进一步说，其实不单是他自己看好宋文莉，连他老婆都看好宋文莉，认为宋文莉是个难得的好姑娘。

宋文莉愣了一下，她没有想到老板的老婆不但不对她吃醋，反而夸她，这是出乎她意料的。

老板最后说：“我老婆说了，说只要我不跟她离婚，随便我干什么都行。并且说如果我一定要有一个相好，那么最好是你。说如果是你，不但不会给我带来灾难，而且还能给公司带来好运。”

老板说完了。

老板说完之后，就期待着宋文莉欢喜若狂。老板这样期待也是合乎常理的，因为像老板这样的人，在深圳属于“三不男人”，就是不主动、不拒绝、不负任何责任，自动地就有很多年轻美貌的女孩主动送上来，现在老板不但主动了，而且还打算负一定的责任。老板说“相好”，就是要负一定责任的意思，难道宋文莉还不该欢喜若狂吗？

但是宋文莉没有欢喜若狂。宋文莉说：“我是来施展自己抱负的，不是来跟您做相好的。”

老板认为宋文莉这样拒绝其实是作为一个女人的故作姿态，甚至是假正经，于是，老板就干脆放下架子，彻底主动，彻底主动的方式是一把把宋文莉搂在怀里，然后腾出右手捏宋文莉的左边胸脯，并且嘴巴也往宋文莉的下巴上吻。

宋文莉没有想到老板的力气这么大，居然还没有等她反应过来就已经把她搂在了怀里，而且老板还十分老练，因为握住她左边胸脯的那只手居然还能腾出一个手指在弹拨她的乳头，仿佛是要拨开她的心弦。宋文莉差点就被他拨开了心弦。但是，宋文莉还是很快反应过来了，在自己的嘴唇被老板的嘴巴盖住之前反应过来。反应过来之后，宋文莉本来柔软的身体突然一挺，从老板的怀里挣脱出来，并且马上就给了老板一个极其响亮的耳光。

宋文莉离开那个生产床上用品的公司了。老板没有炒她，是她自己离开的。虽然她打了老板一个耳光，但是老板并没有恼火，老板并没有恼火就表明老板胸有成竹，只要宋文莉继续做下去，老板早晚要得手。为了不让老板得手，宋文莉必须离开，尽管她非常喜欢那份工作。

后来，宋文莉又陆续在一些公司里面做过，但是都没有干多长时间，原因都差不多。宋文莉糊涂了，她不理解老板们为什么大事小事分不清，干事业不是比玩女人更重要吗？实在要是玩女人，外面大把的可以玩，干吗一定要玩能在事业上助你一臂之力的女人呢？

宋文莉后来又从自己身上找原因，比如她自己平常是不是太大大咧咧了，引起老板们误解；比如她在工厂这样的单位里相对于那些打工妹和普通文员来说，是不是太突出了，所以才引起老板们的动心；比如她跟随的老板是不是文化素质太低了，所以他们分不清才女与花瓶女的区别等等。这么想着，再应聘的时候，她就真正实行了双向选择，就是不但她自己被用人单位考察，同时她也要考察用人单位，甚至要考察用人单位的老板。比如应该回避应聘到工厂里，比如回避文化素质低的老板。这样七回避八回避，就回避到了天衡公司。

宋文莉进天衡公司的时候，是天衡公司最辉煌的时期，辉煌到公司必须要有一个专人来管人事。宋文莉当时就是在天衡公司管人事。

宋文莉是曾伟力招聘进来的。当时曾伟力是公司副总。其实曾伟力是副总的权力与他是总经理的权力是一样的，因为反正他是石建南的副手，无论是叫副总还是叫老总，反正他都必须听从石建南的，而且也只是听从石建南。当时作为副总的曾伟力向石建南建议：公司应当设立人力资源部，专门负责人力资源的招聘、培训、优化配置和合理使用，并说现在外面的大公司都是这样的。石建南一听，有道理，就同意了，并且指示：招一个专门学企业管理的大学生进来。于是，曾伟力就在人才市场把宋文莉招聘进来了。

曾伟力选中宋文莉的主要原因是因为她是个女的。曾伟力有点私心，他不敢招聘学管理的男的进来，因为他自己在天衡公司其实是做管理的，如果再招聘一个专门学管理的男人进来，说不定哪一天就把他自己的位置给篡夺了。在曾伟力看来，招聘一个女的进来对他自己要安全一些，所以他就把宋文莉招聘进来了。因为宋文莉是专门学管理的，又有特区企业管理实践经验，所以招她进来老板不会有什么异议。

至于宋文莉为什么会选择天衡公司，则全凭曾伟力一张嘴。在曾伟力的嘴巴里，天衡公司当然是深圳市重点扶植的民营高科技企业，老板石建南当然是高科技人才、著名企业家，而且有海外学历背景。曾伟力这样说当然是有一些夸张，但是夸张得比较合理，所以宋文莉也就挑不出毛病。不仅当时挑不出毛病，就是来到天衡公司担任人力资源部经理之后，对天衡公司的真实情况基本了解了，仍然挑不出什么明显的毛病。可见，曾伟力的夸张是有水平的。比如说到天衡公司是“深圳市重点扶植的民营高科技企业”，首先，天衡公司确实是民营高科技企业，其次，深圳市对于所有的民营高科技企业都要扶植，至于是不是“重点”，谁也说不清楚，就是宋文莉亲自去问市长，相信市长也不会明确说天衡公司不是重点，所以，曾伟力关于这一条的夸张是挑不出毛病的。再比如说老板石建南“有国外学历背景”，虽然石建南明明是国内大学法律专科毕业，但是也确实交了钱在读国外的工商管理硕士学位，而且根据以往的经验，只要交的钱不少，将来肯定就能拿到学位，只要交的钱不是假钞，最后拿到的文凭也不会是伪造的，所以，曾伟力说老板“具有海外学历背景”也不能算错。如此，天衡公司就是宋文莉的最佳选择了。

相对于宋文莉以前服务的那些工厂来说，天衡公司确实是她最佳的选择。首先，她再不会受到老板的骚扰，因为石建南确实是知识型老板，起码他自己认为自己是知识型老板，而只要他自己认为自己是知识型老板，那么或许他可以诱惑宋文莉，但是绝对不会未经许可就把宋文莉一把揽入自己的怀中，更不会强行接吻和抚摩。这就行了，只要不强迫就行，至于诱惑，属于自己能够控制范围之内的事，既然是属于自己能够控制的事，即使发生，责任也主要在自己，怨不得别人。

事实上，石建南对宋文莉几乎连诱惑都没有。就像宋文莉自己当初分析的，在工厂里，与那些乡下来的打工妹打工姐相比，或者是与工厂写字楼里面那些文员相比，宋文莉可能是太出众了，以至于老板如果不有所表示似乎就有点对不起她，但是在天衡公司，宋文莉就一点也不出众了，至少在业务部的那些业务经理面前她就一点也不出众了。这里还要交代一下，业务部的业务员都叫“业务经理”，这样叫起来不但好听，也便于开展业务。虽然不能肯定这些业务经理个个比宋文莉漂亮，但是至少她们比宋文莉风骚，或者说她们比宋文莉开放，开放到一个个像绽放的花朵，随时准备接受授粉。而且她们似乎是接受了专门训练或者是自我培训，所以特别懂得男人喜欢什么，男人讨厌什么，因此，即便石建南想吃窝边草，那么首先也不会吃宋文莉。因为男人基本上都是省事型的，哪个方便吃哪个。如此，宋文莉就可以将全部的精力投入她的“宋式管理”当中。

26

“宋式管理”是“宋斐卿式的管理”，而不是“宋文莉式的管理”。

宋文莉从小就听说过“宋斐卿”这个名字。宋文莉是听爷爷说的。爷爷说他们宋家有一个本家太爷爷，叫宋斐卿，早年在天津开毛纺厂，生产一种叫抵羊牌的毛线，商标的图案是两只羊头抵头，像是在顶羊角，其实是“抵制洋货”的意思。爷爷还说这个本家太爷爷当时在天津的势力非常大，连日本侵略天津的时候对他都礼让三分，因为宋斐卿在当时的天津太得人心了，日本人要是惹了他，可能会激起更加强烈的反弹，所以不得不有所顾忌。爷爷说本家太爷爷会算，那一年算准了天津会发大水，所以提前加固了东亚毛纺厂四周的防洪墙，并且买了大量的白面和咸菜，打造了四条船。大水来了之后，东亚厂的职工和家属全部安然无恙，并且还用这四条船救起了无数落水的难民，每天给他们施水、施药、施饼，赢得了很好的口碑。爷爷还说，就是到现在，山东的宋家在天津还是很受当地人尊敬的。

不知道是不是爷爷从小灌输的这个思想的影响，宋文莉上个世纪九十年代考大学的时候，果然报考了天津商学院。宋文莉在天津商学院学习工商企业管理的时候，非常关注她那个本家太爷爷的相关信息。有一次，她从一个非常不起眼的小资料上看到一个消息，说中国的企业界和理论界当时有一个共识，认为日本松下的管理模式比德国和美国的管理模式更适合中国，因为企业文化是企业管理的集中体现，而企业文化必须与本地的传统文化相结合，才能最大限度地发挥管理效能。日本松下的企业文化跟中国的儒家文化最能融合。松下企业文化强调企业是大众的企业，是员工的企业，在满足员工生存权的同时，注重维护企业员工的安全感，把企业当作员工的靠山，这样才能真正让员工与企业融为一体，才能最大限度地发挥员工的主观能动性，才不会发生员工损害企业利益甚至是出卖企业的事情。正因为有这个共识，所以中国才专门组织了一个由企业家和管理理论家组成的代表团去日本实地学习先进的企业管理经验。接待这个代表团的日本人非常吃惊，说："我们这套管理模式完全是照搬你们中国的'宋式管理'来的，为什么你们不直接在当地研究你们自己的'宋式管理'，反而漂洋过海来向我们学习？"问得代表团张口结舌。联想到当时正好有一个"豆腐制作考察团"也在日本访问，代表团中的有些人甚至羞愧难当，回来之后才把这个遭遇写了出来。

自从看到这个小资料之后，宋文莉就立下一个志愿，一定要继承自己太爷爷的合乎中国传统文化的管理方式，并且将其发扬光大。

宋文莉后来就专门对“宋式管理”进行了专门研究，知道当年本家太爷爷的许多管理思想现在正在遭受批判，比如企业办职工福利，比如企业为职工养老送终，现在我们正在被当作国营企业的弊端在遭批判和抛弃，而当年宋斐卿的东亚公司就是这么做的，并且现在日本的大多数企业也还是这么做，为什么我们的改革一定要“革掉”这些本来非常符合人性符合中国传统文化的优秀内涵呢？宋文莉发现，正是这些正在被“革掉”的东西，为企业职工提供了安全感，而一个社会如果人人都没有安全感，那么将很难维持长久稳定。因此，宋文莉觉得自己有责任捍卫这些传统，尽管她知道自己的力量相当有限，但是她还是决定捍卫，因为有人捍卫总比没有人捍卫要好。正是这种捍卫，使她最终激怒了石建南，并因此被迫离开天衡公司。

宋文莉担任天衡公司人力资源部经理之后的第一件事情就是要跟工人签订正式的劳动合同，并且按劳动合同为工人办理社会保险。但是石建南不同意。石建南认为跟工人签订正式的劳动合同对公司没有任何好处，因为这种合同其实是单向合同，只对公司有约束，而对工人没有任何约束。

“约束是互相的。”宋文莉说。

“说是这么说，”石建南说，“但事实上没有办法约束员工。比如员工找到更好的位置，要跳槽，按照合同他必须至少提前一个月向公司提出辞呈，得到公司批准之后才能离开，但事实上这样行不通，不具备操作性，因为对方不可能有一个合适的职位在那里等他一个月，所以，如果他真要跳槽，一定是马上就走，宁可损失一个月工资也马上就走。也就是说，员工其实是不可能遵守合同的，并且公司还拿他没有任何办法。你说拿他有什么办法?”

宋文莉当时没有回答，或者说是答不上来，因为她真不知道有什么好的解决办法。

石建南继续说：“但是反过来，如果是公司违反劳动合同，那么马上就有人找你麻烦，因为公司跑不了，‘找’起来几乎没有任何成本，所以，员工和公司的劳动合同只是对员工单方面有利，这样的劳动合同公司为什么要签?”

宋文莉不得不承认，老板石建南讲的也有一定的道理，在整个社会的信用机制没有完善之前，劳动合同的主要功能可能确实主要是为了保护劳动者，而作为雇主的公司这边的利益确实很难得到保障，但是任何事情总有一个开始，作为企业，应该承担“从我做起”的社会责任。

石建南到底是讲道理的人，虽然不情愿，但经不住宋文莉的一再坚持，最终，他还是接受了宋文莉的建议，天衡公司跟职工签订了劳动合同，并且为职工办理了社会保险。

宋文莉的胜利来自两个因素，一是深圳市政府颁布了相应的管理规定，规定企业必须这么做；二是宋文莉的提议得到了包括曾伟力在内的天衡公司全体员工的一致支持。特别是曾伟力的支持，对石建南还是有相当大的影响力的，因为曾伟力可以在石建南面前把这个问题说得很严重，严重到如果天衡公司不这么做，那么轻者受罚，重则承担法律责任，所以石建南就重视了，重视之后，就查阅了有关的法规，就只好照办了。

初战告捷之后，宋文莉并没有见好就收，而是得寸进尺，又按照当年宋斐卿先生的经营管理思路提出了一系列的改善职工福利，增强企业的凝聚力和亲和力的措施，引起了石建南的强烈反感。石建南刚开始还有耐心，还跟宋文莉讲关于企业不是慈善机构的那一套理论，但是宋文莉并不示弱，宋文莉仍然以宋斐卿先生的思想和做法为例，说明企业虽然不是慈善机构，但是不代表不做善事，而且企业做善事也不见得吃亏，比如当年宋斐卿的东亚毛纺公司接济灾民，就赢得了极好的口碑，这些好口碑为东亚公司今后的发展起到了良好的作用。

“我们也做善事，”石建南说，“我们不是每年都捐助希望工程吗？做善事归做善事，企业正常的管理归正常的企业管理，要分清。”

最后，连曾伟力也不赞成宋文莉的做法了。因为宋文莉在员工当中威信太高，比他都高了，长此以往，很难不对他的位置产生动摇，再说石建南也给了曾伟力一定的压力，曾伟力想到这个宋文莉是自己招聘来的，现在惹得老板不高兴了，自己也有责任，于是，借机构合并为名，撤销公司人力资源部，关于员工招聘和解聘一类的事情，统一由办公室办理。至于宋文莉本人，按照劳动合同，曾伟力不便当场炒掉，便被安排在业务部门当业务经理，定下业务指标。反正业务部全部是业务经理，业务员就跟保险公司的推销员一样，主要靠业务提成吃饭，自生自灭。宋文莉是有个性的姑娘，一看就知道是什么意思，马上自己辞职。

离开天衡公司之后，宋文莉决定不到企业去做了。既然石建南这样的知识型老板都不能理解宋斐卿的管理思想，那么再到其他企业去推广还有意义吗？毛主席曾经说重要的是教育农民，当然那是宏观层面，而就眼下来说，宋文莉认为自己最重要的是教育老板。为了教育老板，宋文莉打算当作家，写书，写一些关于宋斐卿管理思想的书。但是很快就发现这种打算不切合实际。首先，一种思想平常想一想可以，真要是说出来，并且要说清楚，相当困难，即使宋文莉能够说出来，并且也能够说清楚，也不一定能把它写出来。宋文莉尝试着写了一下，但是只写了差不多相当于一个短篇小说的篇幅，就没有东西可写了，离相当于一个长篇小说的“书”，相差太远，而且似乎永远也达不到。再说，就算是写出来了，在哪里出版？就是出版了，能有多少人买了看？能产生多大的影响？关键是，眼下靠什么生活？最后，这个计划当然只有放弃。

放弃计划，但不代表放弃信念。宋文莉后来去应聘当了记者。宋文莉觉得当记者既能够养活自己，也能够积累资料和阅历，并且还可以写。

宋文莉去应聘记者的时候，负责招聘的人问她为什么要当记者，宋文莉实话实说，把自己的遭遇和想法一股脑儿地全说出来，仿佛不是在面试，而是在诉苦。谁知道歪打正着，报社正好要搞一个关于打工族的栏目，见宋文莉是学企业管理的，又在深圳的许多工厂干过，于是就录用了她。

当上《特区企业报》记者后，宋文莉才算发现了最适合自己做的职业，头一篇报道就引起轰动。其实这是一个司空见惯的现象：工厂东西丢了，主管留下工人，挨个搜身。但是这个司空见惯的现象在宋文莉眼睛里就像沙子，她硬是把它挑了出来，并且挑的角度非常好，挑一个国外老板对中国女工的搜身例子。于是，义愤了，轰动了！中国人在涉及民族感情的问题上向来都是高度一致的，曾经有人说过，中国之所以能够保持长期的统一，靠的就是民族感情，不管什么势力进入中国，最后的结果就是反而被中原文化同化了。如果宋文莉的报道不是选择一个外国老板，而是选择一个中国老板，那么绝对不会引起那么多的共鸣，那么大的轰动。问题是宋文莉偏偏选择了外国老板，并且选择了中国女工，“外国老板”和“中国女工”两个概念相碰撞，马上就引起了社会各界的广泛同情与关注。于是，其他报纸介入了，于是，电视新闻介入了，最后，市长都出面了。宋文莉一举成名。

宋文莉离开天衡公司之后，跟天衡公司的许多人还保持着联系，比如跟曾伟力和麻近水都还保持着联系。所以，关于天衡公司最近发生的一些事情，她也是知道的。她还专门来看望过麻近水。

宋文莉来看望麻近水的时候，麻近水还没有被公司炒掉。当时麻近水还对她说：“幸亏当初你为我们办了社保，要不然我现在真的惨了。”宋文莉说：“不是我帮你们办的，这是政府的规定，现在要是哪家企业不与员工签订劳动合同，或者是不按合同规定为员工办理社保，我一定会揭露它。”

宋文莉的话麻近水相信，旁边的其他同事也相信。他们觉得，宋文莉身上有一种男人的性格，有一种敢作敢为敢负责任的性格，甚至有一种伸张正义的性格。或许，这种性格最适合做记者，特别是做一名好记者。

麻近水当时还问宋文莉：“农村呢？农村为什么不推广社保？”

“其实农村更需要社保。”麻近水说。

“将来肯定会的。”宋文莉说。

再后来，宋文莉知道麻近水被炒鱿鱼了。

宋文莉是在第二次来天衡公司看望麻近水的时候知道这个消息的。按照宋文莉的性格，不要说麻近水是她的老同事了，就是一个素不相识的普通打工仔，如果发生了这种事情，只要让宋文莉知道了，她也是一定要管的。这是她的职责，也是她的性格。所以，她就管了。管的方式是《社会关注》栏目里发了一篇报道，并且配了麻近水在做透析时候的大照片。照片上麻近水瞪着大眼注视着读者，就像一个掉进冰窟中的少年注视着岸上的父亲。于是，宋文莉把一个巨大的炸药包的引信一下子点燃了。

27

退一步天地宽。天衡公司从特区退到内地，马上就开辟了一块新天地。

内地的两家单位几乎是同时来深圳的，而且都是利用国庆放长假的时间来的。利用国庆放长假的时机来深圳考察，可见内地的单位比深圳的更加勤勉。

刚开始，石建南对他们把家属带来还有点担忧，担忧这样一来他们就不好去粤东了，因为粤东那里的有些节目是不能与家人一起欣赏的，但是，后来经曾伟力一解释，石建南反而转忧为喜。

“这下更好了。”曾伟力说。

“怎么更好?”石建南问。

“这说明他们的胃口不大。”曾伟力说。

石建南没有说话，看着曾伟力，听他解释。

曾伟力就解释：“您想，利用国庆放长假来，并且是带着老婆孩子，这不是贪小便宜吗，既然是贪小便宜，就说明他还没有富，那就说明他们还不贪嘛。”

石建南仍然没有说话，没有说话的原因是他在想曾伟力说的话。他觉得曾伟力说的话非常有道理，如果对方很贪，那么肯定就很有钱，很有钱的人应该不会贪这点小便宜，至少不会这样公开地贪这点小便宜。

“既然如此，”曾伟力说，“我们只要招待好就行了，红包都可以免了。”

石建南听了这话当然更加高兴，给出去的红包其实是公司的纯利润，如果折算成产值，起码要乘三，在目前公司经营状况不景气的情况下，给红包等于是在石建南心头割肉。现在石建南听曾伟力分析说不需要送红包了，当然高兴。

“红包还是要准备，”石建南说，“到底给还是不给，怎么个给法，到时候再说。”

果然不出曾伟力所料，这些人带着老婆孩子来确实是好事，因为他们在考察天衡公司的时候，根本就没有挑剔，甚至连“SZTH-9系统”是什么意思也没有问。本来曾伟力还想为大家放一段录像，做一番介绍的，结果考察团当中的两位小朋友吵着要去欢乐谷，于是其他成员马上就想起今天是节日，不应该剥夺孩子们节日的欢乐，遂主动提出不用看录像和听介绍了，我们对天衡公司是信任的。如此，曾伟力精心准备的一大堆精彩的演说也就没有了表现的机会。这不是反而省事了吗?

但是，同时接待两个考察团也有不方便的地方，主要是吃饭的时候不方便。出于大家都可以理解的原因，这两个团是分别接待的，而不能把两个团混在一起，这样，吃饭的时候就出现了问题。因为石建南没有分身术，不可能同时陪两个团的客人吃饭。然而据业务经理说，这些考察团成员都是非常注意礼节的，如果老板不能亲自陪同吃饭，就仿佛一个外国元首来我国访问，我们的国家主席不亲自主持欢迎仪式一样，是极其不礼貌的，弄得不好，就因为这件小事会把本来到手的生意给搅黄了。

业务经理这么一说，石建南就感到事关重大，于是，马上召集业务经理和曾伟力在一起进行了专门的讨论。

他们一共讨论了三套方案。第一，轮流陪，石建南今天陪这个考察团，明天陪那个考察团；第二，把时间岔开，这个考察团十一点半吃饭，那个考察团十二点半吃饭；第三，把两个考察团安排在同一个饭店的不同房间吃饭，吃饭的时候石建南两边跑。

经过认真讨论，三套方案全部不行。首先否定的是第一套方案，因为按第一套方案，老板是天天陪客人了，但是相对于每一个考察团来说，可能会认为公司拿他们不重视，陪一天晾一天，什么意思？第二个被否定的是第二套方案，因为如果按照这个方案，必须强迫考察团在规定的时间吃饭，而且在规定的时间吃完，这是更加不礼貌的，考虑到考察团里还有小朋友，这个办法根本就行不通，再说即便考察团接受这种安排，那么老板必须每顿饭吃两遍，可能要撑破肚皮，为了老板的肚皮安全，这个方案也要放弃。最后否定的是第三套方案，因为如果按照这个方案，给考察团的印象肯定是天衡公司的老板肚子不好，要不然就是前列腺有问题，不然怎么老是跑出去？这个方案有损老板的形象，而老板的形象就是公司的形象，所以这个方案也不行。

“难道就没有其他什么好办法了？”石建南说，“再想想，再想想。”

于是，大家七嘴八舌又提了一大堆方案，但是大体上与前面的三个方案差不多，刚开始听起来都有那么点意思，一旦认真推敲起来，还是行不通。

“要不然这样，”曾伟力说，“我们在第一套方案的基础上做一些修正。”

“怎么修正？”石建南问。

“还是一边陪一天，”曾伟力说，“但是要说点谎。”

“说谎？”石建南问。

“说谎。”曾伟力说。

“怎么说谎？”石建南又问。

曾伟力说：“说另外还有一个考察团，也要接待，老板实在分不开身，只好一边陪一天。”

曾伟力刚一说完，那边几个业务经理就忍不住笑起来。

“这算什么修正？”其中的一个业务经理说，“本来就是这样的嘛。”

其实不但业务经理这样说，连老板石建南差点也说出来。但是石建南毕竟修养好，即便以前不好，通过这么多年当老板，也变得好了，所以，这时候石建南并没有说什么，只不过把失望和不屑一顾的神情写在脸上。

曾伟力不动声色，耐心地听着业务经理的嘲笑，耐心地看着老板石建南的不屑一顾，然后补充：“我们说谎，说另外一个考察团是从外国来的。”

曾伟力补充完了之后，大家马上鸦雀无声，然后是一阵欢欣鼓舞，无不为曾伟力的绝妙构思拍手称快。

石建南当即拍板：“就按这个修正方案来操作。”

在后来的操作中，实际上是石建南和曾伟力每天对调。今天是石建南亲自陪 A 考察团，而曾伟力陪 B 考察团，而明天调过来，明天是曾伟力陪 A 考察团，而石建南亲自陪同 B 考察团，反正 AB 两个考察团互相之间不见面，他们根本就不是来自同一个省，连互相串通的机会都没有，所以基本上达到了预期的效果。

在曾伟力陪同考察团的时候，他身边还另外带了一个人，这个人就是公司财务部的小高，因为曾伟力给自己定了一个规矩，绝不经手现金。根据曾伟力这些年在深圳当职业经理的经验，任何老板都是表面大大咧咧，其实内心深处非常算计，甚至小肚鸡肠，而曾伟力自己不管是做副总还是做老总，其实就是给老板打工的，从本质上说，跟老板的司机和门卫没有区别，自己不经手现金，起码让老板在这方面放心，从而能给自己省去百分之五十的麻烦，所以，凡是遇上应酬的事情，曾伟力总是躲在老板石建南的后面，像现在这样实在躲不了的，必须由他单独出面的，那么他就一定带上出纳，让出纳经手现金。

以前曾伟力也带小高出去应酬过，但是以前并没有多注意她，这一次注意了，注意的原因是他们拥有了一个共同的秘密，这个秘密就是他们共同出资为麻近水保留了社保。

这个秘密让曾伟力感到有一点点温馨。这毕竟是一个善良的秘密。凡是善良的秘密总是让人温馨的。他甚至感觉因为这个善良的秘密，自己在小高心中的形象高大了不少。不管曾伟力以前对小高有没有什么意思，有没有多少关注，但是此时他心里有点温馨。或许，这是人的共性，当一个人发觉自己在某个异性的心目中形象是高大的时候，那么他或她就多少会有点温馨。这是一种美好的感觉，在这种感觉的作用下，曾伟力对小高热情了许多。

小高叫高蕾，大概二十五六岁，但是到底是二十五岁还是二十六岁甚至是二十七岁，曾伟力并不知道。曾伟力以前没有注意小高的原因主要是小高长得一般般，说不上是漂亮，也说不上是丑，或许，如果在内地，或者是在深圳的一个打工妹云集的工厂里面，小高这样算是漂亮的，而在天衡这样的高科技公司里面，她的长相就一般般了。因为深圳的高科技企业里面男人和女人都有特点，这个特点是：男人高学历，女人要漂亮。否则根本就进不了这种公司的大门，更不要说在里面生存和发展了。像麻近水这样没有学历的男性公民，或者像小高这样相貌一般般的女性同胞，能进天衡公司并且能够长期生存下去，肯定有特殊原因。麻近水的特殊情况前面已经说过了，不再赘述。高蕾的特殊情况在于她是老板石建南的一个什么亲戚，但是到底是石建南的什么亲戚，曾伟力不知道，也没有打听。既然是老板的亲戚，曾伟力就没有必要打听得那么清楚。按照经验，对于老板的亲戚，最好的办法是敬而远之，并且尽量装作不知道她跟老板的亲戚关系。曾伟力认为，在民营企业里面，职业经理和老板亲戚之间的矛盾是天生的，并且这个矛盾是解决不了的，最好的办法就是回避，而不要想办法去“改善”。曾伟力相信，老板的亲戚是不会在老板面前说职业经理好话的，要说就只会说坏话，敬而远之的目的就是让他们说不出什么具体的坏话。曾伟力认定，泛泛的坏话没有具体的坏话杀伤力大。

上次为了麻近水的事，曾伟力是没有办法才与高蕾进行了沟通的。自从宋文莉离开天衡之后，社保这一块工作就交给了高蕾，所以曾伟力要想保住麻近水的社保，就必须要征得高蕾的支持。好在高蕾果然支持了，并且还主动与曾伟力一起承担这个责任，如此，他们俩之间就有了共同的秘密。曾伟力发现，拥有共同的秘密能够拉近两个人的关系，难怪有些人为了拉近关系，故意把一些自己的秘密透露给对方，当对方拥有了你的秘密之后，你们俩就“知心”了。

现在曾伟力跟高蕾就有一点知心了。

在曾伟力感觉自己的形象在高蕾的心目中高大起来之后，高蕾在曾伟力心中的形象也好起来。曾伟力突然发觉，其实这个高蕾长得有点像杜玲，而且是越看越像，怎么以前没发现呢？是不是深圳环境与陕县相差太远了？怎么同样一个人，在陕县的时候，就是美女，而到了深圳，就一般般了呢？这样一想，就愈发感觉高蕾像杜玲。于是，曾伟力就做了一个大胆的假设，设想假如他跟高蕾组成一个家庭，那么会怎么样呢？这样一想，竟然发现其实他们俩是非常适合的。首先，如果他娶了高蕾，那么他就等于是跟老板攀上了亲，跟老板攀上亲相当于给自己老总的位置上了保险。其次，这个高蕾在年龄、职业、相貌等方面跟自己也很般配，不仅比刘姐合适，而且也比跟杜玲般配。假如当初真的娶了杜玲，那么现在会怎样呢？难道陕县那种宽广的美和永恒的美真的能构筑他们生活的美？曾伟力甚至发现高蕾也比他以前交往的那些年轻美貌的女孩更适合自己。前面分析过，如果跟那些年轻美貌的女孩结婚，则至少要花一百万，不要说曾伟力没有一百万，即使有，也不敢一下子全部花完，但是跟高蕾可能就不必，因为高蕾更像是个本本分分过日子的人，这从她平常的穿着打扮就能看出来，既然是本本分分过日子的人，那么俩人结婚的时候，就不必搞得太铺张。比如车子可以暂时不买，好在天衡公司还没有穷到不给老总配车的地步。房子也可以按揭，只需付个首期，然后慢慢供楼就是。另外，就是从麻近水社保这件事情上，曾伟力发现了隐藏在高蕾内心的那种善良，而善良其实就是一种美。

曾伟力打算这拨客人送走之后，就要对高蕾进行试探。他有一种感觉，如果他主动，高蕾是不会拒绝的。

考察工作总算是结束了。由于修正方案的采用，被接待的两个考察团都皆大欢喜，并且他们为自己能享受与外宾相同的待遇和采用同一家企业提供的智能化系统而感到非常自豪。考察团走的时候，石建南根据他们当时的心情，决定只给考察团当中的小朋友每人一个红包。给小朋友红包不算行贿，对方接受起来也没有心理负担，而且石建南出的血也少多了。作为弥补，石建南还另外加了一个贴士，这个贴士是石建南的一个表态：下次你们那边如果再上智能化，安排大家到国外考察。于是，大人小孩皆大欢喜，并且其中的某些大人还真的开始考虑自己权限范围之内还有哪个项目需要上智能化系统的了，如果有，一定还跟深圳天衡公司合作。

28

石建南是从电话当中获知宋文莉那篇关于麻近水绝境求生报道的消息的。打电话的是唐向羽。唐向羽没有下海，一直是标准的国家工作人员，所以他至今仍然保持天天看报的习惯。上午看《深圳法制报》、《深圳特区报》和《商报》，下午看晚报、日报和《特区企业报》。长假之后，积压的报纸很多，加上上午开了个碰头会，本来是没有机会当天就能看到那篇报道的，但是事有凑巧，正当临下班前半小时唐向羽准备开看时，《特区企业报》送来了。看报好比尝鲜，当然是先看最新鲜的。结果，唐向羽就放下准备翻阅的旧报纸，先看刚刚出炉的《特区企业报》。

一打开，唐向羽马上就看到了那篇报道。主要是那幅照片。照片很大，比平常的封面照片大。照片上是一个男子一种求生的目光。男子穿了病号服，躺在床上接受治疗，侧过脸注视着读者，眼神就像掉进冰窟窿中的孩子看着岸上的父母。唐向羽立刻就被这张照片震撼了。

唐向羽突然发现照片上的男子有点面熟，仿佛是在什么地方见过。再一看文字，吓了一跳，现在真的是新闻自由了，居然指名道姓地说出“深圳天衡楼宇智能化开发有限公司”的全称，说出“麻近水”的全名，连“麻某”都不用了。

唐向羽想，难怪面熟呢。马上拨通了石建南的电话。

“你是怎么回事?”唐向羽问。

虽然是老同学，但现在唐向羽是处长了，除了对上级或组织部门的同志外，已经习惯了这种口气。

“什么怎么回事?”石建南反问。

“你那里是不是有一个叫麻近水的?”

“是啊，”石建南问，“怎么了?”

“他得尿毒症了?”唐向羽问。

石建南警觉了一下，马上就想到这小子是不是投诉了。

“是吧。”石建南说。故意说得不是很肯定，那意思是把老同学当作法官或新闻记者了，想着还是保持沉默比较明智。

“你把人家炒掉了?”唐向羽又问。

石建南更加沉默。

“我不是很清楚，”石建南本能地抗拒，“他只是一个普通电工，即便真的被炒掉，也不需要通过我。”

“什么普通电工，”唐向羽说，“报纸上说跟着你七八年了，一生病，你马上把人家一脚踢出去。”

“什么什么?!报纸?!什么报纸?”

“《特区企业报》，今天的。你自己看吧。”说完，没有等石建南回答，唐大处长就把电话撂了，好像很生气，不知道是生石建南的气还是生报纸的气。

公司里面最先看到报纸的是高蕾。高蕾看到报纸后，在第一时间里去找曾伟力。要是以前，遇上这种事情，她第一时间肯定是去找石建南，因为石建南是她亲戚，而且是老板，但是今天她没有去找石建南，而是去找曾伟力，因为关于麻近水的事情隐藏着她和曾伟力共同保守的一个秘密，因为今天中午曾伟力刚刚向她挑明了关系。尽管她嘴巴上没有立即答应，是说要考虑考虑，但是她心里其实早就答应了，所谓的“考虑”，只不过是她作为一个姑娘家应有的矜持罢了。现在一看到这张报纸，高蕾立刻就忘记了矜持。

“是宋文莉写的。”高蕾说。

曾伟力顾不得说话，急切地看着报纸内容，一目十行。

“完了完了!”曾伟力往大班椅子上一仰，绝望地说。

高蕾好像比曾伟力冷静，她没有绝望，她的大脑在飞转。

“麻近水不能算被公司炒了鱿鱼，”高蕾说，“他还住在公司，公司还给他交社保呢。”

曾伟力整个身子僵持了片刻，然后突然从大班椅子上弹起来，说：“走!”

说着，没有等高蕾反应，拉着她就往外走。

刚一出门，差点就跟石建南撞了一个满怀。

石建南手里拿着报纸，脸上铁青，像冬天菜地里被霜打过的青菜。

高蕾已经先反应过来，第一个动作就是把自己的左手从曾伟力的右手中抽出来。

石建南没有在意他们拉手不拉手，而是继续铁青着脸，继续往里面走，走到曾伟力的办公室里面，走到曾伟力的大班台面前，使劲把报纸往大班台上一砸，仿佛要把大班台砸碎，不让曾伟力坐了，永远不让他坐了。

曾伟力到底反应快，这时候见老板这样，既没有表现为害怕，也没有向老板解释，而是先发制人，大吼起来。

“造谣！污蔑！我要告宋文莉，告企业报！”

曾伟力怒吼的声音比石建南砸报纸的声音大，大到脸都涨红了。曾伟力从来没有这样在老板面前吼过，但是今天吼了，而且是当着老板的面吼，当着公司出纳的面吼，仿佛他已经不想在天衡公司做了，彻底不想做了。

大约正是从来没有吼过的缘故，所以偶尔吼一次效果十分明显，居然把石建南给震住了。

石建南本来想发火的，但一时没有找到发火的对象，所以脸都憋青了，现在被曾伟力使劲一吼，反倒冷静了一些，脸上的青色退去不少，并且当即恢复了一点血色，目光也从墙上转移到曾伟力的脸上，眼神也由愤怒转为疑惑。

“我们根本就没有炒掉麻近水，”曾伟力说，“他还住在公司，吃在公司，还在享受公司为他提供的社保。”

石建南脸上的血色更加明显，也没有那么冷了，仿佛菜地里面的青菜已经被收割上来，经太阳一照，上面的霜已经退了。

“工资表怎么办?”石建南问。

虽然这个问题唐突，好像前言不搭后语，并且语法上也有错误，但是曾伟力还是听清楚了内容实质。

“麻近水最近生病了，”曾伟力说，“没有上班，但是也没有办理任何请假手续，按照合同本来是可以解聘的。考虑到他是老职工了，又生病，从照顾的角度出发，我们只是暂时停发了工资，并没有解聘。如果解聘，怎么还住在公司?还享受社保?”

曾伟力在说这段话的时候，不急不慢，丝毫听不出有狡辩和抵赖的意思，只是在“暂时”两个字上使用了较长的时间语气，像英文当中的重音处理，有强调的作用。

石建南长长地舒了一口气，说:“本来作为一个普通员工，是走是留是你做总经理管的事，用不着跟我汇报，但是这个麻近水跟了我这么多年了，我还是希望你尽量关照。毕竟，我们还是要强调人情味的嘛。”

“是啊是啊，”曾伟力说，“刚才我正准备跟小高去找麻近水，上次停工资的时候，小高填错了单据，本来只是暂停工资发放，她却填写了员工辞退表，我们正好打算把它要回来，顺便通知麻近水办户口。市里为支持民营科技企业的发展，又给了我们户口指标，我跟小高商量了一下，准备给麻近水解决户口问题。”

石建南脸色已经彻底恢复正常状态，说:“很好。不过小高下次一定要注意了，再不能把表格弄错了。”

高蕾想说什么，还没有说出来，曾伟力抢先截住话头，说:“也不能怪小高，一来根本就没有什么‘工资暂停发放表’，她只好随便找一个凑合；二来小高的本职工作是出纳，人事管理只是代办，即使出点小差错，也情有可原。”

“行了，行了。”石建南说，“你们快去找麻近水。”

高蕾突然发现，天衡公司是永远垮不了的，即使不能做楼宇智能化，也能搞影视开发，演员都不用请的，董事长和总经理都是演员，而且是好演员，并且这两个好演员演起戏来竟然配合得这么默契。

麻近水几乎已经病入膏肓了，但是并没有掉眼泪，现在听说公司要帮他解决深圳户口，当场就感动得热泪盈眶，或者是激动得热泪盈眶。也难怪麻近水激动得不能自制，乡下人来城市打工，最高境界不就是获得一张城市户口吗？出生在城市的人是身在福中不知福，他们并没有感觉到城市户口的重要，或者说是没有充分认识到城市户口的重要。要是当年麻近水有城市户口，那么他肯定就上了大学了，甚至是重点大学；要是他现在有城市户口，那么就是被公司解聘他也不怕，还可以照样享受社保，还可以享受最低生活保障，有了社保和城市最低生活保障，他还怕什么呢？说起来是“最低生活保障”，那也比乡下人辛辛苦苦种田的收入还要高。现在突然之间麻近水就要成为真正的城里人了，他能不激动吗？

曾伟力见麻近水情绪非常好，就不失时机地向他表达第二个意思，说公司并没有真想解聘他，只是提醒他应该办一个病假手续，所以他现在应该把那个辞退通知书退给公司。本来小高还想跟着做一些解释的，比如解释是她不小心弄错了之类，但是麻近水连听都没有听，马上就开始找那张员工辞退通知书，于是小高的话也就可以省了。可能是由于麻近水太激动了的缘故，竟然找了半天没有找出来。

“别急，”曾伟力说，“慢慢找。”

于是麻近水又找了一会儿，还是没有找到。

“可能是丢掉了，”麻近水说，“反正那东西也没有用了。”

曾伟力和小高对视了一下，那意思说现在也只能这样了。

“也行，”曾伟力说，“找到之后马上给我们。”

“好。”麻近水说。

曾伟力临走的时候有点犹豫，好像有什么话要说，但是又不好说。最后，终于鼓足勇气说：“那东西千万不要给别人了，知道吗？”

麻近水点点头，表示知道。但是这个头点得有点茫然，因为他并不知道曾伟力为什么对那张小纸片如此在意。

29

曾伟力代表天衡公司向《特区企业报》提出了严正交涉，石建南亲自起草了律师函，要求企业报公开赔礼道歉，澄清事实。

企业报主编当面嘴硬，私下里害怕得不得了。如今媒体是孙子，没事都能惹出事情来，前些日子四川一个毫无名气的几流歌手硬找知名演员打官司，但是又不敢真的跟知名演员作对，最后只好把媒体拉出来当替罪羊，说她并没有说知名演员挑逗她，是媒体自己瞎猜的，现在真要是报纸自己出了不实报道，最轻的处罚是主编下岗。

曾伟力走后，主编赶紧把宋文莉找来询问。宋文莉理直气壮，胸有成竹，说她自己以前就是这家公司人力资源部的经理，她的情报不是道听途说来的，不可能有假，并且向主编透露：她的手中有撒手锏。

宋文莉的话无疑起到了伟哥的作用，主编当场坚挺了不少，再见到曾伟力的时候，口气与腰板一样硬，并且还加了几篇追踪报道。于是，麻近水出名了，天衡公司出名了，甚至连曾伟力也跟着出名了。

老话说人怕出名猪怕壮，这话过时了，现在的人巴不得出名，要不然为什么打开电视机换频道，起码发现一半的频道正在播广告？要不然怎么有那么多人整天琢磨着怎样跟名人扯上官司？要不然名人为什么还要自己制造新闻？要不然怎么有那么多人热衷于自己炒自己？总之，如今是没有名气的想出名，有了名气的还要变着法子维持自己较高的点击率。

实践证明，出名是好事。

出名首先对麻近水有好处。好处之一是石建南信誓旦旦地表示天衡公司愿意出钱为麻近水换肾；好处之二是天宇公司那边在总经理裴柳莎的带领下组织了一次捐款活动，向兄弟单位生病的弟兄伸出援助之手；还有好处之三、好处之四、好处之五……但最让麻近水感到激动的是他堂姐也看到报纸了，并且顺着报纸上的线索主动找了过来，什么话也没有说，默默地坐在麻近水的床头掉眼泪，然后丢下五万块现金，并表示要承担照顾麻近水的责任。

那一刻，麻近水感悟到血浓于水的深刻真谛。

出名还让曾伟力接到了一个陌生而熟悉的电话。

“你是曾伟力吗?”

“是。”

“是以前陕县电机厂的那个曾伟力吗?”

曾伟力愣住了。

“听出我是谁了吗?”

“是杜玲！你也在深圳?”

“是啊，我不能来吗?”

“能,”曾伟力说,“当然能。”

曾伟力看看身边的高蕾，心想，要是早几天接到这个电话，会怎样呢?

曾伟力后来还是跟杜玲见了一面，是带着高蕾一起去的，并向杜玲介绍高蕾是他爱人，向高蕾介绍杜玲是他以前在陕县的老朋友。

三个人在一起的时候，曾伟力才感叹岁月的魔力。他没想到高蕾比杜玲漂亮那么多。不但漂亮那么多，而且也洋气许多。这大大超出了曾伟力的想象。早知道这样，他就不会带高蕾来了。这不等于是示威吗？曾伟力不想示威。

曾伟力还接到了刘姐的电话。这好像是刘姐这么多年来第一次主动给曾伟力打电话。

“你不会有事吧?”

“不会。”

曾伟力这才想起来，他已经好长时间没有去看刘姐了。

“你好吗?”曾伟力问。

“好,”刘姐说,“只要你没事就好。”

高蕾问电话那边是谁，曾伟力说是他姐姐。

“你在深圳还有一个姐姐？”

“我在深圳为什么就不能有个姐姐？”曾伟力马上就学会了杜玲回答问题的方式。

高蕾不说话了，她发现曾伟力有点不高兴。她不知道曾伟力为什么不高兴。但是不管他为什么不高兴，既然他已经不高兴了，那么自己最好就先闭嘴。

出名当然也有坏处，至少对石建南就有坏处。石建南很想拿曾伟力出气，但是又实在找不出曾伟力的什么过错。他自己心里最清楚，是他自己暗示曾伟力炒掉麻近水的，还真幸亏曾伟力没有把事情做绝。如果当初曾伟力完全按照石建南的暗示做，真的把麻近水炒掉了，并且收回宿舍，停办社保，那么，这场风波不是更不好收场？

石建南突然发现，打工能够打到曾伟力这个份儿上，也真的不容易了。或许自己真的应该学学林老板，主动让出一部分股份给曾伟力，给天衡公司的其他员工，包括给麻近水。如果自己当初真的让出来一部分股份给他们，而不仅仅是拿职工持股计划当车把式手中的胡萝卜，那么，天衡公司可能就不会落到今天这个地步了。而落到今天这个地步，即使石建南自己拥有百分之百的天衡公司股份，有意义吗？

但是这些还都是以后的事，现在石建南最优先考虑的，还是他跟报社之间的事。

石建南找到唐向羽，希望这时候唐大处长能够助老同学一臂之力。

唐向羽劝石建南见好就收，不要真的跟《特区企业报》闹到法庭上，不要把报社逼急。

“我怕什么?”石建南脖子硬得像唐老鸭。

“你是不怕，”唐向羽说，“如果你已经把《员工辞退通知书》捏在手上了，当然不怕。”

石建南愣了一下，说：“你是担心麻近水这小子关键时刻会出卖我？他敢!”

“他是不敢，”唐向羽说，“他也绝对不会出卖你的。他现在感谢你还来不及呢。但是到现在他也没有把《通知书》找出来呀。”

石建南又愣了一下，说：“那有什么，或许他真的就丢了呢。”

“对。”唐向羽说，“或许，你说的是‘或许’。或许真的丢了，但是，‘或许’这张表现在已经在宋文莉的手上了呢?”

石建南这下彻底愣了，愣了老半天没有回过神。

后来，石建南还是接受了唐向羽的建议，同意这件事情冷处理，不要再炒了。要相信时间，时间会把一切都淡忘的。企业报的报道对天衡公司所造成的负面影响也是暂时的。再说天衡公司今后的市场主要在内地，内地人有几个看深圳的《特区企业报》?石建南接受唐向羽的建议，还是把主要精力放在工作上，放在业务拓展上，要抓住这几年内地快速发展的好时机，多做点业务，多赚点钱，比什么都重要。

石建南想通之后，唐向羽又通过关系做报社的工作。唐向羽对主编说："见好就收，不能把人逼急了。"

"我怕什么？"主编的脖子比石建南当初挺得还要硬。

"您是不怕，"唐向羽说，"但是老板怕。不是石建南一个老板怕，而是深圳的所有老板都怕。怕今天发生在石建南身上的事情说不定哪天就发生在他们身上。您想，要是深圳所有的企业老板都怕你们报纸，那会怎么样？"

主编不说话了，主编是聪明人，他当然明白这意味着什么。

石建南暗示曾伟力：跟报社主编讲和。

曾伟力其实早就想讲和了。曾伟力的讲和还是从宋文莉开始的。他知道解铃还须系铃人。

曾伟力约上宋文莉，告诉她：老板现在已经完全接受她的"宋式管理"思想，希望她回到天衡，担任行政副总。

"这是不可能的。"宋文莉说。

"如果不可能也没关系，"曾伟力说，"你可以将宋斐卿老先生的管理思想写成书，让其发扬光大，造福当代中国企业家，造福蓬勃发展的中国民营经济，造福中国人。"

宋文莉愣了一下，没有说话。

"出版的问题你放心，"曾伟力说，"痛定思痛，石老板决定做你这本书的第一位读者，并且打算首先订购一千本，用于内部学习和馈赠客户。"

宋文莉虽然还是没有说话，但是眼神已经变得相当温和。

曾伟力又说："石老板觉得，向客户馈赠高品位的著作比送红包更有品位，更有价值。你觉得呢？"

宋文莉本能地点点头。

不久，《特区企业报》上又发表了著名记者宋文莉的一个报道，写的还是麻近水。报道天衡公司技工麻近水先生换肾手术相当成功，现在已经回到了工作岗位上。

报道也配了照片，照片上的麻近水还是一张脸，这是一张阳光灿烂的脸。谁都看得出来，现在的麻近水非常健康，非常幸福，非常开心。

很快，麻近水就收到求爱信若干。据说他现在已经有女朋友了。

是啊，他现在已经是深圳的"户籍人事"了，加上这么出名，有女朋友非常自然。

有了女朋友的麻近水不仅走出疾病的阴影，而且走出情感的误区，他现在跟堂姐经常走动，完全是正常的亲戚走动。

堂姐比麻近水想象的有钱，但脸上总是笼罩着一层阴霾，往日的神采已不复存在。有一天堂姐问他："如果有钱，你打算用它做什么？"麻近水静静地思考了片刻，说："我会回到山里坪。"

堂姐非常吃惊，不理解麻近水怎么会有这么奇怪的想法。

"回到岩坪。"麻近水说。

堂姐更加吃惊，甚至怀疑一场大病让他的脑子出了毛病。

麻近水接着说：“恢复天浴文化，把它开发成一个特色旅游项目。”

堂姐这下没有吃惊，而是陷入沉思。

图书在版编目(CIP)数据

赢家／丁力著. －－北京：中国文史出版社，2021.7

（中国专业作家作品典藏文库．丁力卷）

ISBN 978－7－5205－2873－3

Ⅰ．①赢… Ⅱ．①丁… Ⅲ．①长篇小说－中国－当代 Ⅳ．①I247.5

中国版本图书馆CIP数据核字(2021)第023806号

责任编辑：薛媛媛

出版发行：中国文史出版社

社　　址：北京市海淀区西八里庄路69号院　邮编：100142

电　　话：010－81136606　81136602　81136603（发行部）

传　　真：010－81136655

印　　装：北京新华印刷有限公司

经　　销：全国新华书店

开　　本：720×1020　1/16

印　　张：15.5　　字数：156千字

版　　次：2021年7月第1版

印　　次：2021年7月第1次印刷

定　　价：52.00元